UN DIA EN LA VIDA

COLECCION SEPTIMO DIA

Dibujo de portada: Augusto Crespín
Diseño de portada: Valeria Varas

Manlio Argueta

Undíaenlavida

EDITORIAL UNIVERSITARIA CENTROAMERICANA

Sexta Edición
EDUCA, Centroamérica, 1991

863.4   Argueta Cañas, Manlio, 1936
A694u   Un día en la vida / Manlio Argueta
         - 6a. ed.- San José, C.R.: EDUCA, 1991.

         220 p.

         ISBN 9977-30-023-2

         1. Literatura salavadoreña - Novela. I. Título

© EDITORIAL UNIVERSITARIA CENTROAMERICANA -EDUCA-

Organismo de la Confederación Universitaria Centroamericana
CSUCA, integrada por: Universidad de San Carlos de Guatemala,
Universidad de El Salvador, Universidad Nacional Autónoma de
Honduras, Universidad Nacional Autónoma de Nicaragua, Univer-
sidad Nacional de Costa Rica, Universidad de Costa Rica, Universi-
dad Nacional de Panamá.
         Apartado 64, 2060, San José, Costa Rica.

5.30 a.m.

No hay día de Dios que no esté de pie a las cinco de la mañana. Cuando el gallo ha cantado un montón de veces ya voy para arriba. Cuando el cielo está todavía oscuro y sólo es cruzado por el silbido de un pájaro volando, me levanto.

El clarinero pasa encima del rancho diciendo clarinero-clarinero. No necesito de que nadie ande despertándome; pero es que los clarineros son madrugadores, gritones y despertadores.

En todo caso, yo misma calculo la hora de ir para arriba.

Tengo un truco para ser puntual: los huequitos de la pared que dejan las varas. Las varas de mi rancho son de tihuilote, es un palo que abunda mucho por aquí y da varejones enormes. Lo único que son muy quebradizas y rápido hay que estarlas cambiando. El tihuilote nos gusta porque no llama al comején. El comején se come la madera, arrasa con todo y es difícil echarlo, hoy los mata uno por aquí y mañana salen por allá; así pasan jodiendo hasta que se hartan los horcones y las varas de que están hechas las paredes. Lo dejan a uno sin rancho.

Por los claros de la pared espío la noche.

Después de mucho tiempo acostados en el mismo lugar nos enamoramos de todos los espacios, de una mancha de caca de buey, de una figurita en el techo de paja. Lo que más me gusta es espiar el cielo cuando la noche se está escapando. Cosa de todos los días. Por un huequito se asoma el lucero de la mañana. Lo conozco por lo grandote que es, por lo cholotón. Se apaga y se enciende, pispileando. Al principio no lo veo. Es hasta que llega al huequito, pues, que los luceros al igual que la luna y el sol caminan en el cielo.

Y cuando la luzota llega al huequito que me sé de memoria, ya son las cuatro de la mañana y desde entonces estoy despierta, aunque no me levante; ahí estoy haciéndome la desentendida, apechugadita a José cuando hace frío y de nalgas a José cuando hace calor. Y por entre los espacios de la pared veo pasar los dibujos del cielo: el alacrán, el arado, los ojos de santa lucía y todo lo demás.

El pájaro que pasa volando es el clarinero, lo conozco porque él mismo se descubre: clarinero-clarinero. Y más todavía, a la luz de la aurora se le ven las plumas tornasoles.

El clarinero es un pájaro fosforescente.

Dicen que por pasar todo el tiempo cerca de los cementerios adquiere la costumbre de los muertos.

A mi me gusta verlo volando y silbando. Todo el amanecer es un montón de pájaros volando; sobresale el clarinero entre todos, por su color negro chillante.

El cielo se coloradea como la sangre de un pájaro muerto. Ahí por donde la loma comienza a levantarse, se asoman los primeros clareos de la madrugada. Color de tizón encendido en lo oscuro. Chisperío que le hace decir a una: ¡qué lindo! Ni que fuera el manto de la virgen. Y luego se va poniendo transparente como el agua de las pozas cuando les da la luz del mediodía. Vidrecitos de colores. Chigüistes de botella quebrada. Y adentro del agua flotan los celajes. Los celajes son las cobijas de dios. El cielo es una chiva guatemalteca de colores. Esto es parte de mi vida. Lo recuerdo desde que era cipota, quizás desde que tenía ocho, diez años, no recuerdo. En esa época conocí a José. Las varas del rancho cambiaron pero no cambiaron los espacios, los claros de la pared. Ni el lucero de la mañana que pasaba espiando. Ni yo.

Doña Rubenia, la Lupe ya se le está poniendo bonita. Y yo detrás de la troja, mirándome los pechos como piquitos de clarineros. El me conoció cuando apenas era una cipota sin malicia. *Dígale los buenos días a don José, vaya, no sea bayunca, ¿qué acaso le han comido la lengua los ratones?* Desde esas épocas me levanto y ya estoy pensando en José, mirando las noches que me dan miedo. Y siento mucha alegría cuando amanece, es como si se fueran incendiando las hojas de los árboles. Yo soy muy alegre, es la verdad, nunca he sido triste. Pero que no me hablen de oscuranas y de la noche porque ya me estoy orinando. *He pensado que si me regala a la Lupe no se va a arrepentir, para que me ayude, ya me cansé de estar solo.* Y a mí que se me caía la cara de vergüenza pues al momentito que yo entraba oí "que me regale a la Lupe". *Niña, váyase, no ve que estamos platicando gente mayor.* Me fui al corredorcito y pude oir algunas palabras. *Yo sé que está cipota pero precisamente por eso me gusta, porque siendo cipota es bien formalita y yo voy a ser digno de ella.*

Y también los ojos se llenan de reflejos de perraje chapín. Y si miro para arriba los ojos se me llenan de un chisperío, como las luces que tiran las plumas de los gallos chorombos. Celajes de púrpura herida. Celajes de púrpura herida. Una herida es una herida.

Y me da por temblar, es el frío de la noche que no quiere morir. El recuerdo de Justino, quizás.

Es el mismo frío de las hojas de tamarindo, temblorosas, mojadas por las aguas del sereno. Se sabe cuando el frío es de muerte, viene de otra parte, viene con cierto miedo, o como si ya no estuviera una en esta vida. Los dientes le hacen chist-chist-chist, pegando entre sí, carne de gallina, escalofríos, pelos parados. El temblor que no termina nunca.

Ave maría purísima, sin pecado concebida.

Es la única manera de darse valor y poder seguir adelante, pues no vamos a estar tembelequeando de pura cobardía. *En esa época vos te levantabas primero. Sentía cuando te ibas al palo de mango a orinar, y el sonido del machete desenvainándolo, pasándole por el filo la mano mojada de saliva.* Quizás las influencias de mi familia me hizo algo cobarde porque yo me crié sólo con hermanos varones y ellos siempre me estaban metiendo miedo; controlándome y vigilándome y diciendo que mucho cuidado, que no vayas por ese lado, que no camines en lo oscuro; en fin, todo ese mimo que le dan a una cuando es hembra y mucho más si es la única mujer. Ni siquiera podía ver un gusano porque ya estaba erizada con solo verlos, esos que tienen cachitos de toro en la cabeza y unas ramitas verdes; o mirar para las chácaras cuando es de noche. En las hojas de las chácaras se pintan las siguanabas y los cipitíos. La hora de levantarse es para mí una gran alegría porque me gusta mucho la luz, y mucho más me gusta la luz del sol cuando sale de los matorrales a las seis de la mañana; la luz se va encumbrando como un papelote en los cerros, dando saltos y colazos, encendiendo candiles en cada hoja de verde limón y verde tamarindo.

Buenos días, día.

Con dios me acuesto, con dios me levanto a la bienaventurada y al espíritu santo.

Me pongo la nagua medio luto, siempre uso medio luto, desde que se murió mi mamá. Me encantan los géneros de puntitos y florcitas sobre fondo blanco, cualquier dibujo toda vez que sea color negro, pues así se lo prometí a mi mamá cuando se estaba muriendo. Con todo sólo tengo tres vestidos pero el hecho de usar medio luto permite encubrir la suciedad que pegan los chanchos cuando se arriman a uno, especialmente a la hora de darles la machigua; pues no lo van a creer pero los chanchos son los animales más glotones que conozco.

Cuando me levanto voy directamente al pozo, jalo diez baldes de agua: para bañarme, para la machigua y el maíz y para regar algunos palitos que hay sembrados en el patio. Chepe y Justino los sembraron.

Hemos tenido mucha suerte en encontrar agua casi a flor de tierra, somos los únicos de por acá en tener pozo, la demás gente va al río o a la quebrada, así es que prefieren no gastar en abrir pozo; nosotros no hubiéramos podido hacerlo si no es porque José hizo el descubrimiento. Miraba cómo ese pedacito de tierra se mantenía siempre húmedo, con un zacate limón que todo el año pasaba verdeando.

Aquí hay agua, Lupe, yo sé lo que te digo. Yo pensaba que de nada servía que tuviéramos agua si no teníamos cómo pagar a un pocero.

Aquí en Chalate no es necesario tener agua en la casa, con lo abundante que es el río y si no se quiere ir al río pues se va a la quebrada. *Así no te molestarías en ir tan lejos a traer el agua.* Hay que caminar más de un kilómetro. La quebrada queda ahí cerca pero a veces está sucia, especialmente cuando llueve mucho, además de lo peligroso que es una correntada del agua que baja del cerro. *Vos sabés cómo vas a hacer para pagar a un pocero.* Y fue el mismo José quien lo abrió. El agua estaba encimita, por eso mantenía verde todo el año al zacate limón. *Los chanchos se la van a calar, José, porque van a tener suficiente para que no se mueran de calor en el verano.*

Y a propósito de agua, otra cosa que no me falta es el jabón de cuche; el jabón es sagrado como el maíz, no sólo mata los piojos y la caspa sino que mantiene el pelo sedita y se gasta menos peine pues pasa bien suavecito por todo el pelo. *El domingo te voy a ayudar a traer agua de la quebrada.* Y la echábamos en una ollota que teníamos enterrada cerca del fogón. Ahora soy yo la que jala el agua del pozo, es algo sencillo porque el balde sale en cuatro tirones. No es necesario matarse para tener diez baldadas de agua.

Este es un trabajo de hombre. Cuando regresaba del río con el cántaro en la espalda. Por eso es de mucha suerte encontrar agua a flor de tierra. *Vaya, y vos que no querías que abriéramos el pozo.* No era que yo no quisiera.

Cuando de pronto pasa el clarinero haciéndole cuío-cuío. Dibuja una raya negra en el cielo dorado. Porque ya van a ser las cinco y media y es cuando se están despidiendo las estrellas del firmamento y sólo están quedando las más redondas y grandes.

Siempre me persigno ante el lucero de la mañana. *Con dios me acuesto con dios me levanto.* Uno lo hace por costumbre. No sé por qué pero cuando se está apagando la luz del sol me entra una gran aflicción, es una cosa de momento que me llega, es un desespero del carajo. Quizás sea la fuerza magnética del día que se avalanza con su chorro de agua colorada.

Te apurás con el café porque ya hay demasiado clareo. Las gallinas terminaron de tirarse de los palos y andan pidiendo maicillo. Pi-pi-pi-pi, se acercan a picotear el suelo luego de tirarse del palo de jocotes. Comiendo piedritas y cáscaras molidas de huevo.

A los pollitos se les hincha el buche. Es una bullanguera en el amanecer de cielo colorado.

Y desde adentro los cipotes dicen mamá-mamá saltando de la cama. *Y todos recordándote porque a estas horas vos estás levantándolos con un par de nalgadas.*

Y luego andan por ahí con los machetes listos para irse a la finca.

"Apúrense que ya están bajando las gallinas del palo". Dice una canción ranchera. "Ya vamos mamá". Y se ponen el sombrero lindo que les regaló José para esta navidad.

Café y tortilla tostada con sal para el desayuno.

Así es nuestra vida y no conocemos otra. Por eso dicen que somos felices. Yo no sé. En todo caso esa palabra de "feliz" no me cuadra nada. Ni siquiera sé lo que significa verdaderamente. Después de lo de mi hijo Justino prefiero encerrarme en mi misma. No es que me ponga triste. Es otra cosa inexplicable.

A veces estamos alegres, eso sí. Mi gente no tiene por qué padecer mis dolores, aunque desde siempre supimos compartir por igual lo bueno y lo malo.

Me voy de mata en mata, regando el chilito, regando el limón y unas siembritas de güisquil y pipián y un palo de zapote que ha nacido de casualidad. Después preparo la machigua para los chanchos que apenas se despiertan no me dejan en paz siguiéndome y pegándome trompazos en las canillas. Les tiro unas cuantas patadas para que se vayan y me dejen prepararles la comida. *Sabés, Lupe, esos chanchos más es lo que dan trabajo y ni siquiera se saca lo del gasto en maicillo.* Los chanchos han sido nuestros ahorros para el estreno de los cipotes en navidad, por eso siempre tengo una manadita, que si bien es cierto que dan trabajo siempre se saca ganancia vendiéndolos para los tamales que hace don Sebastián en el desvío. *Y luego que se pasan abriendo tanto hoyo que dejan el patio lleno de caca y de niguas, pero vos seguís de terca, Lupe.* Y que yo no le cuento que se meten adentro del rancho a ver si pueden romper la troja, pues estos chanchos si que son hartones, lo que pasa es que son la esperancita de uno en los días que los cipotes piden algo y no se les puede negar, por lo menos una vez al año hay que comprarles una camisa o un pantalón para estrenar. Todo el mundo estrena para esa época de navidad y los cipotes esperan algo del niño dios. *Dejame a mí, yo soy quien los atiende y si me toca lidiar con ellos pues lo hago por necesidad, aunque sea un pito de barro se les compra a los monos.* El único juguete que se les compra es el pito, son baratos y se divierten bastante. Se la pasan pitando todo el santo día, cu-cu-cu.

Si creés que los chanchos sirven de algo, es cosa tuya. Es mi negocio. Para noviembre se venden a buen precio.

Alguna parte de la venta es para chucherías y otra para comprarles cuadernos, lápices y libros de lectura a los que van a la escuela, y a los mayores les compro su mudada para que salgan a dominguear como la gente, pues ya tienen su malicia y no los puedo andar tan andrajosos, especialmente porque ellos ya se ganan sus centavos y todo me lo dan a mí.

Una vez que los chanchos se han tomado la machigua, se van al lodazal, cerca del pozo y se ponen a roncar. Pero esto es en horas de la tarde, porque ahora en la mañanita con sólo tirarles una mazorca de maíz se quedan satisfechos.

A veces, cuando el sol ha encendido todo, voy a comprar cosas al desvío: ya sea sal, café de palo o algún antojo como conservas de coco o chancacas, en fin eso le gusta a los cipotes, especialmente cuando regresan cansados en la tarde luego de hacer las tareas en la finca.

Sólo maíz no necesitamos comprar pues sembramos lo suficiente para el año y todavía sobran para venderles una libritas a los vecinos.

El desvío está a un kilómetro del rancho, allí tiene su tienda don Sebastián que nos da fiado y no vende muy caro que digamos al comparar sus precios con los del pueblo. José, va cada mes al pueblo a comprar las cositas necesarias y que no tiene la tienda de don Sebatián, como cal para cocer el maíz o alguna medicina para el dolor de estómago, o según lo que sea necesario y que resulta mejor traerlas de allá. Antes de salir ya he puesto los frijoles al fogón y he sacado más agua del pozo para alguna necesidad del día.

Todo esto lo hago mientras los cipotes pequeños están en la escuela y los mayores se han ido con el tata a la chapoda o la siembra a la finca. En esta época de verano el trabajo que hay es el de la chapoda, preparar los terrenos para la siembra; que se viene ya el invierno. Antes no se chapodaba, era suficiente prenderle fuego a los terrenos, pero luego vinieron algunas gentes de la ciudad y recomendaron que era mejor chapodar pues la quema arruina las tierras, y los patrones aunque tienen un gasto mayor prefieren limpiar las malezas a puro machete. Para nosotros mejor, nos da una entradita más, pues para esta época ya se han terminado todas las cosechas y el único trabajo que se encuentra es el de limpieza de tierras. Y sale favorable pues la finca está apenitas a una legua y el patrono está pagando a precio bueno la tarea, según me dice José. *Yo quisiera que aprendieran a leer todos los hijos para que no les toque vivir de un jornal, como nosotros que sufrimos mucho, especialmente cuando no tenemos nada que darle a los cipotes, en los tiempos muertos, que apenas se gana lo suficien-*

te para los frijoles y alguna camisita para la semana santa. Los cipotes son nuestra esperanza para cuando estemos viejos, por lo menos que nos den una manita, uno de viejo es un estorbo y sin fuerzas para trabajar. No queda más camino que morirse. Si se tiene hijos es diferente pues siempre salen buenos y en algo ayudan a los viejos.

Yo estoy de acuerdo en sacrificarnos y mandar a los pequeños a la escuela, para que no sean ignorantes y nadie los engañe; la verdad que nosotros los tatas apenas podemos hacer garabatos, poner la firma, para no aparecer en la cédula como analfabetas. Sabe leer, sí. Sabe escribir, sí. Pero sólo sabemos leer deletreando y quizás ni eso pues yo tengo añales de no ver letras y las que veo en los rótulos de la tienda del desvío ya me los sé de memoria, aunque a veces miro los números y garabatos de los cipotes cuando hacen los deberes de la escuela. En cuanto a José como no pasa aquí, a lo mejor ni sabe hacer las vocales, nunca le he preguntado si ya se le olvidó leer. Y como ni necesidad que tiene. Para él sólo el machete y sus compañeros. Es su vida.

Mis papás sólo pudieron mandarme al primer grado. No porque no quisieran sino porque en la casa éramos muchos y yo era la única hembra, era la encargada de cocer el maíz y de moler y luego llevarles las tortillas a mis hermanos a los huatales.

Mis hermanos se mataban haciendo cortas y chapodando, lo mismo mi papá.

Mi mamá y yo éramos las del oficio de la casa.

Por todos éramos catorce, mis papás y once hermanos varones. Y eso que se murieron tres. Murieron desmoyerados. Recuerdo que el último mi papá lo colgaba de los pies para que le volviera la moyera a su puesto y nada, morían con la cabeza hundida, toda la moyera se les hundía luego de grandes diarreas; una vez comenzada la diarrea no había salvación. Todos murieron antes de cumplir un año.

Los cipotes sólo se desmoyeran cuando están chiquitos, como tienen los huesos bien blandos, en un descuido viene la diarrea y se les hunde lo de adelante de la cabeza.

Los niños se van al cielo. Eso nos decía el padre. Y nos íbamos despreocupando. Siempre fuimos conformes.

La única preocupación era que no se murieran repentinamente, sin dar tiempo de echarles el agua; entonces sí era fregado porque los niños traen el pecado original. Si se mueren con el pecado original, se van directamente al purgatorio. El purgatorio no es un lugar donde se pene mucho, pero siempre es un lugar de castigo, siempre hay llamas aunque no quemen mucho.

Eso nos decía el padre cuando venían las misiones. Así es que nosotros apenas vemos una diarreita en los cipotes, corremos inmediatamente a echarles el agua bendita. A buscar el compadre.

5.45 a.m.

Un día le iba a tirar una piedra a un sapo. Entonces conocí la voz de la conciencia.

Vine y levanté la mano. Acababa de cumplir los doce años. Lo recuerdo porque en esa época me hice mujer, me llegó el cambio.

Me disponía a tirar la piedra cuando oí la voz de la conciencia, una voz que me dijo no le tirés la piedra al sapo, ¿qué te está haciendo el pobre?

Yo me quedé como paralizada. Así me dí cuenta de esa voz que viene de adentro. Esa voz no nos pertenece. Sentí un poco de miedo. Y relacioné la voz con el castigo.

No ves que es pecado, me dijo. Y la piedra se me fue para atrás, por poco me cae en la nuca, dentro del vestido, pues oyendo la voz y la mano se mantuvo alzada con la piedra y así la fuí soltando, se me fueron aflojando los dedos.

Esa voz va con uno. Si hasta cuando estamos dormidos nos habla, está a la par vigilándonos.

Por eso a la hora de estar dormidos se nos oye sollozar, verdaderamente estamos sollozando.

La voz de la conciencia es el sueño mismo. O mejor dicho no es el sueño, sólo se le parece. En los sueños se ven las cosas color de chocolate; pero la voz de la conciencia es severa, no tiene nada de agradable. Esa voz es para regañar: que no hagás esto, que hacé esto, no lo hagás porque es pecado. Falta de libertad, pues.

Y cuando la piedra se me fue para atrás, el sapo salió corriendo, saltando, chumbulún cayó en un charco de agua verde. El gran salto me dio tremendo susto.

Si le tirás la piedra al sapo, me dijo la voz de la conciencia, te va a echar leche y se te seca el pellejo. Se te hace el pellejo como el del sapo, arrugada y asquerosa. Bueno, la voz de la conciencia le hace favores a uno, pero son favores que nadie está pidiendo.

Una de las cosas buenas que me ocurrieron con la voz de la conciencia fue cuando tomó la forma del Cadejos. Yo venía de comprar unos bollos de pita, del desvío. Y por estar hablando se me hizo tarde y se vino la oscurana. Ibamos a encordelar la cama y se rompieron las pitas. *Andá a comprarlas vos, pues yo he venido muy cansado.* Así me dijo José. *Tenés que apurarte para que no se te haga tarde.* Y medio tomé la toalla y salí corriendo al desvío. "Ay don Sebas, hoy si me agarró la noche". Y lo peor que ni había pitas en la tienda. "Espere, Lupe, llévese este candil y me lo manda mañana, no vaya a ser el tuerce y se quiebre una pata en lo oscuro".

Y le digo que cuántos candiles tiene, si no se va a quedar sin luz. "No importa, de todas maneras ya nos vamos a acostar". "Ay, don Sebas, como si fuera gallina". Le digo muchas gracias y salgo corriendo. "De todas maneras el candil se me apagaría".

Mejor me hubiera ido antes pero por estar chambreando con la esposa de don Sebas se me hizo tarde. "Bueno, si quiere no se lleve el candil pero no vaya a decir que le mezquindé la lumbre". Y salgo corriendo. "Hasta luego niña Concha". "Dios la acompañe". Me grita una vez que he salido a la carretera.

Ya acostumbrándose a lo oscuro, no hay problemas, pienso. Vea no le vaya a salir un diablo, me grita la niña Concha. Eso sale con luz o sin luz, alcanzo a gritarle.

Y por ir pensando en el miedo ya me tiemblan las canillas.

Me voy caminando sobre el zacate conejo, parándome en la alfombra blandita para no irme a un hoyo, pues donde hay zacate conejo no hay hoyos.

Y de repente vi un animalote que me salía al paso. Y me dijo el animalote que no me fuera por el zacate. Reconocí en su voz la misma voz de la conciencia. Pero pensé que era el Cadejos, por el olorcito a flores de naranjo que echaba, pues al Cadejos le gusta echarse debajo de los palos de naranjo y se les pega el olor de azahar.

"Bueno y este chucho qué quiere", pensé para darme fuerzas, pues sabía que no era un chucho. Y no le sentí ningún miedo. Entonces era el Cadejos Bueno pues éste no trasmite miedo a las personas sino una especie de confianza. Dicen que cuando sale el Cadejos Malo dan hasta ganas de orinar, con solo mirarlo, no digamos si habla.

"Hacete para un lado", me dijo.

Y me hice a un lado, saliéndome del caminito de zacate conejo. Y entonces desapareció. Al solo dar unos pasos más por el camino de tierra sentí el primer acialazo de la chinchintora. Por suerte me aparté a tiempo y no pudo darme. Sentí el zumbido pasándome cerca. "De la que me salvé", dije. Y patas para que te quiero. Luego me tiró un segundo acialazo, pero sólo oí el zumbido pues yo estaba lejos. "Culebra puta", dije.

La voz de la conciencia me salvó de la culebra zumbadora. Además, esa voz me alumbró el camino. Porque lo sabe todo. Por eso digo, la voz de la conciencia es de uno y no es de uno. Viene de a saber donde.

6 a.m.

Nosotros somos de Chalatenango. De las afueras de Chalate, un andurrial que está como a diez cuadras del pueblo. Por eso le decimos el Kilómetro. A la gente de acá le gusta cantar. Y reírse por nada. Casi todos somos pobres pero no lo tomamos como una desgracia. Ni lo admitimos como algo meritorio. Nunca nos ha importado porque desde hace muchos años, cientos de años, la vida ha pasado igual, sin mayores cambios, todos nos conocemos y nos tratamos de igual a igual, lo mismo vale el que tiene carreta como el que sólo tiene su machete para trabajar.

José agarra su guitarra y canta rancheras que dan cólera o cualquier corrido; mira como ando mujer por tu querer, es el que más le gusta. O quizás sólo se sabe esa canción.

A nosotros nos gustan las rancheras porque tienen letras bonitas que se entienden. Ha sido despuesito que oí otra clase de canciones, cuando llegaron los muchachos a la iglesia, acompañando al cura. Cantan unas canciones llamadas de protesta.

Sí, pues en los últimos tiempos todo cambió.

Antes cuando venían los curas a dar misa a la capilla del desvío nos daban nada más esperanzas. Hasta ahí nomás. Que no nos preocupáramos, que el cielo era de nosotros, que en la tierra debíamos vivir humildemente pero que en el reino de los cielos íbamos a tener felicidad. Que no nos fijáramos en las cosas mundanas de la vida. Y cuando le decíamos al cura que nuestros hijos estaban muriendo por las lombrices nos recomendaba resignación o que quizás no le dábamos la purga anual a los cipotes. Y por más purgas que se les da siempre se mueren. La cantidad de lombrices es tanta que se los van comiendo por dentro y llegan a arrojarlas por la boca y la nariz. El padre nos decía tengan paciencia, recen sus oraciones y traigan la limosnita, cuando se los llevábamos, cuando llevábamos el esqueleto con ojos. A mí se me murió uno de los hijos así, carcomido por las lombrices y desmoyerado, las dos cosas a la vez; por suerte sólo uno perdimos de esa enfermedad.

—*Bueno, vos, qué le pasa a tu cipote.*

—*Ay, mire padrecito, que de repente comenzó a hacer pupú sin parar echando agua y agua...*

—*Quizás le diste una leche arruinada.*

—*No, padre, si no toma leche.*

—*¿Entonces?*

—*Son lombrices, padre.*

—*Tenés que darle rápido un purgante y alimentarlo bien. ¿Qué le das de comer?*

—*En el día toma atolito de maicena y en la noche agua azucarada.*

—*¿Y cuántos meses tiene tu cipote, Lupe?*

—*Ya entró a los nueve, padre.*

—Deberías darle aunque sea queso, pues si no toma leche el queso es un buen sustituto.

—En la tienda del desvío venden cuajada, que es lo mismo, pero ya para estos lujos no nos alcanza, además el patrón le ha dicho a José y eso lo sabemos nosotros que la leche le da dolor de estómago a los cipotes y que no es bueno acostumbrarlos a tomar leche, ni a comer carne.

—¿Eso te ha dicho el patrón?

—Si, y es cosa que toda la gente lo sabe.

—Bueno, qué le vamos a hacer, hágase la voluntad de Dios.

—Lo mejor es que me le eche el agua bendita, padre.

—Ay muchacha pero te dejaste venir sin el padrino.

—Yo creo que da tiempo de buscarlo mañana, padre, yo pensaba que usted podría recomendarme alguna medicina, pues le hubiera querido poner una lavativa de altamiza pero hay que ir hasta la quebrada y José no está.

—Ay hija, yo iría a buscarte la altamiza pero yo sé que no lo va a curar, en estos casos nada más el purgante de lombriz es la medicina.

—¿Y dónde cogemos el purgante, padre?

—Esa es preocupación tuya, hija, mejor venite mañana con el padrino y le echamos el agua al cipote, por las dudas. . .

Y me decía el padre que debía tener fe, y si el cipote no se salvaba era por descuido de uno. La fe en la iglesia no se pierde. Y que así había muerto cristo, y que le iba a echar el agua para que se fuera directamente al paraíso sin pasar por el purgatorio.

Nosotros no podíamos hacer nada, sólo conformarnos, pues era la justicia de dios. A veces ni siquiera lloramos a nuestros hijos pues nos llegamos a convencer que la muerte era un premio que daba dios a los cipotes, era mejor morir a sufrir en

25

este valle de lágrimas.

Bueno, tanto nos enganchaba el padre que hasta corazón de piedra nos estábamos haciendo. Ni siquiera lloré a mi hijo pues la muerte se me hacía tan natural que dábamos gracias a dios por llevárselo, convencidos de la razón del cura que venía cada quince días a este andurrial de Chalate a reconfortarnos por nuestras penas.

—*Está bien que lo hayas traído porque este cipote está muy malo.*

—*Sí, padre, si me hace el favor de echármele el agua.*

—*Por supuesto, para eso estamos aquí, para salvar el alma de los pecadores.*

—*Lo hubieras traído antes, porque el cipote ya está más al otro lado que éste, es más te has tardado mucho para traerlo imagínate que se te muere en el camino.*

—*Es que cuando usted vino la última vez, hace quince días, estaba bien sanito, y nunca pensé que se iba a enfermar tan de repente.*

—*Además ustedes todo lo dejan por último.*

—*Si ya hasta el padrino tenía listo, padre.*

—*Bueno, pues, esperate por ahí, ya te atiendo dentro de un momento, después de decir la misa. El cipote aguanta todavía.*

—*Gracias, padre.*

Hasta que de pronto, los curas fueron cambiando. Nos fueron metiendo en movimientos cooperativistas, para hacer el bien al otro, a compartir las ganancias. Es una gran cosa hacer el bien a otros, vivir en paz todos, conocerse todos, levantarse antes que el sol para ir a trabajar con los cipotes, arriar los chanchos y vender los huevos a buen precio. Llevar los huevos al pueblo y no venderlos en la tienda porque don Sebas paga muy poco, no deja de ser chucho en ese aspecto. Todo fue me-

jorando por aquí. También cambiaron los sermones y dejaron
de decir la misa en una jerigonza que no se entendía, nada más
entendíamos eso de dominus obispos, que por cierto hacíamos
bromas diciendo dominus obispu, el culo te pellizcu. Ahora
todo es serio en la misa pues los padres comenzaron a abrirnos
los ojos y oídos. Uno de ellos nos repetía siempre: para ganarnos el cielo primero debemos luchar por hacer el paraíso en la
tierra. Fuimos comprendiendo que la cosa estaba mejor así.
Y les preguntábamos por qué los curas anteriores nos obliga-
ban a conformarnos. Olvídense de los curas anteriores, nos decían estos curas jóvenes.

Lo importante es que no se mueran nuestros hijos. Dejar
morir un hijo es el peor pecado que se puede cometer. Y al primer síntoma teníamos que ir a buscar al cura, pues además ya
venían más seguido a Chalate. Le fuimos perdiendo miedo al
cura. Antes nos daban miedo, creíamos que eran especies de
magos, que con un gesto podían aniquilarnos. Además no nos
daban confianza. Hablaban con una voz ronca, de otro mundo o de las profundidades de dios. Parecía que caminaban en
el aire, de aquí para allá con sus grandes sotanas negras. Nos
pedían gallinitas y algunas libras de maíz. Nosotros no podíamos negarnos, pues considerábamos un pecado negarle algo a
un padre de la iglesia.

—*Padre, para la semana santa le estoy engordando una
gallinita, una polla, si a usted le gusta.*

—*Gracias, Lupe, aunque es mejor no andés ofreciendo
nada sino hasta tenerlo listo.*

—*Es que yo le digo para que se vaya preparando.*

—*No es así, o me traés la polla la próxima vez o te olvi-
dás de todo, no ves que para la semana santa todavía faltan
cuatro meses.*

—*Entonces para la navidad le voy a traer un chanchito.*

—Ay mujer, que voy a hacer con un chancho si no me lo puedo llevar a la casa cural, la gallina sí porque me la podés dar aliñada.

—Bueno, padre, le voy a traer la carnita del chancho, lista para asarla.

—Eso si, ya es otra cosa, pero no te vayas a quedar sin carne por traérmela a mí.

—No, padre, a mí me quedan las patas y la cabeza, además de las tripas y la sangre para hacer morongas.

—Es cosa tuya, hija, yo no puedo obligarles a darme nada.

—Bien, padre, para nosotros es el gusto.

—Decile a José que les dé bastante comida a los chanchos para que echen carnes, pues para la navidad sólo faltan tres semanas.

Lo que nos producía la presencia de un padre, con todo y lo santo que parecieran, era temor y miedo. Eran más bravos que una chinchintora y dios guarde provocar su enojo o enemistad, ellos suavemente se la desquitaban con amenazas de ganarse uno el infierno. Claro, cuando querían ser buenos eran buenos.

—Mirá Lupe, decile a José que si no viene a misa que después no esté pidiendo indulgencias.

—Es que él anda trabajando.

—¿Trabajando el domingo?

—Si, padre, como ya comenzaron las cortas, pues quiere aprovechar todo el tiempo, ahora que hay trabajo.

¿Entonces no está en la casa?

—No padre, él bajó hasta Santa Tecla y regresa cada quince días.

¿Y ustedes se quedan solos?

—Sólo nos lleva en enero, cuando los cipotes pueden

ayudar a la pepena del café. Yo voy también, es la única opor-
tunidad de ganarse unos centavitos más.

—Bueno, Lupe, llevale estos dulces a los cipotes, pero
que no se los vayan a comer de un solo, dáles uno por uno, tal
vez les dure hasta la navidad.

—Muchas gracias, padre.

— Y no te olvidés de traer a Chepe, decile que venga a misa, que no sea masón.

—Bueno, padre.

Después de un congreso en no sé dónde, según nos expli-
caron los padres jóvenes que comenzaron a llegar a Chalate y
se acercaban al caserío nuestro, ya la religión no era lo mismo.
Los curas llegaban en pantalones corrientes y vimos que eran
como la gente de carne y hueso, sólo que mejor vestidos y ya
su voz era normal y no andaban pidiendo gallinitas y por el
contrario, ellos nos regalaban algún recuerdo de la ciudad, *to-*
má para tu cipote, cuando venían al caserío.

Bajaban al Kilómetro y venían a ver cómo vivíamos; los
anteriores padres nunca llegaron a nuestros ranchos, todo lo recibían en la capilla, allí se desmontaban de sus yip y luego al
terminar la misa, de nuevo agarraban su carro y se perdían en
el polvo del camino.

Estos nuevos curas amigos aunque también llegaban en
yip, sí se metían por el desvío y nos visitaban, que cómo vivís,
que cuántos hijos tenés, que cuánto ganás y si queríamos mejorar nuestras condiciones de vida. Y nosotros no entendíamos la
manera de hablar, las palabras que usaban. Hasta que formaron
las primeras cooperativas y pudimos tener una ganancita demás, nos enseñaron a administrar el pisto y cómo vender a
buen precio ya fueran los huevos o las gallinas y los chanchos.

Antes sabíamos eso, porque no es que uno sea bruto, pero como nunca nos sobraba nada, pues qué pisto íbamos a ad-

ministrar; el pisto solamente lo veíamos pasar por los ojos y al nomás pagarnos o recibir unos centavos allí se nos iba todo, que mejorales, alcohol para los cólicos, bismuto compuesto para las diarreas, polvos medicados para el maldeorín, y todas esas cosas. Ahora, al final de año ya nos sobra para un juguetito de verdad: algún carrito o una bola de plástico o chibolas de vidrio. En fin, qué más podría decirles. *Para que no anden abriendo la boca, Lupe, cuando los otros cipotes tienen sus juguetes de verdad. Yo sé que no es botar el pisto comprarles estos lujos, al contrario, se van a entretener y no van a andar monteando, con el peligro de que les salga una culebra.*

En ese entonces ocurrió algo que nunca había pasado: la guardia comenzó a asomarse por el andurrial, cuando llegaba, todos regábamos la bola y había que cuidarse, pues la guardia es muy estricta, no se puede andar, por ejemplo, con el machete amarrado a la muñeca porque va segura culateada o tamañas multas que uno de pobre de dónde las va a poder pagar.

Los guardias decían que no era necesario andar cargando los machetes de arriba para abajo; porque como los hombres ya están acostumbrados a no apearse el machete de la mano, se hace difícil convencerlos de que cuando no se va a trabajar pues no es necesario cargarlo. Ellos se sienten íngrimos si no andan con el machete en la mano, es una compañía necesaria. Es que a veces hay desgracias especialmente los domingos cuando se ponen a beber guaro. Por eso es que la guardia es severa y no se anda con remilgos para bajarle el machete al más pintado a puros culatazos. "Y si andan el corvo amarrado a la muñeca, les vamos a cortar la mano". Y como ellos son bien cumplidos. Pues eso tiene la guardia, siempre cumplen su palabra y el que se les opone ya sabe a qué atenerse, la guardia es la que ha puesto el orden siempre, agarra a planazos o fusilazos al que no cumple la ley. Raras veces ha matado a alguien por estos lados, aunque cuando ha aparecido algún muerto por estos lados, uno sabe que puede haber sido la guardia. Además la gente de esta zona siempre ha sido pacífica, no es gente buchinchera, ni siquiera son bolos, se echan sus traguitos relanceados y no se andan poniendo locos. El mismo Chepe se echaba sus tragos de vez en cuando pero él sabe que no puede gastarse el pisto teniendo tantas bocas que mantener. Yo en eso no he tenido problemas.

—A dónde vas con ese machete, Chepe.

—A cortar leña. . .

—Tené mucho cuidado no te vaya a ver la guardia.

—Parece que hoy no vienen por estos lados. . .

—Que no te vayan a ver porque como hoy es domingo.

—No me van a ver, Lupe, ya son varias veces que me les he escapado, porque los huelo a la distancia.

—No te olvidés que todos los nunca se llegan.

Y comenzaron a decirnos que los curas nos habían insolentado, nos habían metido ideas extrañas. Y ya no les bastaba pedir los documentos y revisarnos si andábamos con machete sino que lo primero en preguntar era si íbamos a misa. Qué cosas nos decías los curas en misa. Y nosotros al principio no entendíamos nada. ¿A cuenta de qué les íbamos a decir el santo y el milagro? Porque los guardias podían ir a misa y darse cuenta por sus oídos propios.

Era sólo para atemorizarnos, para que fuéramos retirándonos de la iglesia. Sí, vamos a misa y viera señor agente lo bueno que es este curita, no es como los otros. Y que si esos hijos de puta aquí y esos hijos de puta de allá, culeros con sotana y si nos tenían catequizados para que les desobedeciéramos, apuntando con el cañón del fusil, y era mejor nos retiráramos de la capilla y ya cuando íbamos los domingos al desvío por un matorral estaban escondidos y salían de repente pidiendo documentos personales y adónde nos encaminábamos, que a oir misa. *Para ir a ver al cura se ponen tiperías estos hijos de puta, hasta camisa blanca se ponen, para eso sí tienen pisto pero para darles de hartar a los cipotes no tienen.* Nosotros no les hacíamos caso pues los conocemos muy bien, ellos son muy bravos pero si nos quedamos callados no pasan de los insultos. Sólo para atemorizarnos y nos fuéramos retirando de la capilla. *Y después andan diciendo que los patrones no les pagan bien.* Y que si este domingo iban a haber cantantes comunistas en la iglesia. Y nosotros que no sabíamos nada, que ibamos porque éramos católicos activos. La verdad que Chepe y yo no éramos muy católicos pero era un lugar bonito para ir los domingos y nos gustaba lo que decía el cura, sentíamos que estábamos aprendiendo. *Yo pienso que estos cabrones de por acá tienen vocación de culeros, a saber qué putas le ha visto al cura, quizás como es chelote y galán se han enamorado de él.* Y palabras por el estilo, mientras los hombres se sacan los papeles de la camisa para demostrar que son vecinos del lugar. *O quizás han visto orinar al cura.* Las grandes carcajadas, aunque en el fondo estaban coléricos. Cuando un guardia se ríe ante uno hay que estar listo a recibir el primer culatazo. Nosotros quietecitos, obedientes y rápidos en mostrarles los papeles. Y nadie debía fallar con sus papeles porque ¡dios guarde! *Dan ganas de quebrarse a todos estos pendejos, repisados.* El odio que le tenían a los curas se lo desquitaban con nosotros. No se atrevían a tocar al padre pues en el fondo le tenían miedo. El guardia es como nosotros ha sido católico y casi todos son campesinos, lo que ocurre que ellos han recibido educación y nosotros no. Ellos han tenido escuela, pues para ser guardia debe tenerse una preparación. Lo que los hace altaneros y fuertes es que han estudiado para ser la autoridad, para que las leyes se cumplan. La ley ha sido dura siempre. Dicen que sólo siendo así se puede hacer cumplir la ley, hay gente que no hace caso por las buenas. Nosotros sólo queremos por la mala, dicen. A saber, yo no sé, nunca he hecho mal a nadie, ni José, ni mis hijos. La maldad aparece de repente. Donde menos se espera. Ellos defienden la propiedad privada, ese principio es sagrado, porque nosotros podemos tener manchadas las manos de sangre pero apoderarnos de lo ajeno, eso si que no. Somos honrados a carta cabal. Cosas que se dicen.

A los curas les tenían miedo porque éstos no se quedaban callados, les regañaban. ¿Por qué andaban haciendo ingratitudes en los caminos? que ellos no recibían un salario para ser ingratos con la gente. Por un oído les entraba y por otro les salía. A los diítas, ya estaban haciendo sus redadas y tratando mal a la gente. Un día se atrevieron a lo peor. Algo que nos hizo morir: el cura fue encontrado medio muerto en el camino hacia Kilómetro. Le habían dejado la cara desfigurada, con heridas por todas partes. Alguien iba pasando por el lugar y vio al hombre desnudo que se lamentaba abajo de un barranco.

Le habían metido un palo en el ano y todavía lo tenía allí. Apenas se le oía la voz al padre. Más allacito estaba colgada la sotana, toda desgarrada. Cuando nos vinieron avisar nos fuimos en caravana hasta el lugar. Allí mismo lo subimos a la carretera para esperar un carro que se lo llevara. Y ahí me dí cuenta que nos habíamos hecho duros, pues nadie dejaba salir un lamento o un llanto, sólo *pobrecito,* por dentro, con una gran angustia por tratarse de un padre, algo que nunca nos hubiéramos imaginado. Era una pesadilla. Nos dimos cuenta que los santos se podían bajar del cielo. Desde entonces ya nada nos extrañaría, sólo faltaba que lloviera fuego y que los gatos persiguieran a los chuchos. El yip del padre lo fueron encontrar más allá, incendiado en otro barranco. O que las mulas tuvieran mulitos. Sólo eso nos estaba faltando en esta vida. De ahora en adelante, cualquier pecado se iba a quedar chiquito.

6.10 a.m.

Nunca habíamos recibido nada de la iglesia. Sólo darle. Cosas pequeñas, es cierto. Y ellos que tuvieramos conformidad. Pero nunca llegamos a pensar que los curas tuvieran culpa de nuestra situación. Si un cipote se nos moría nosotros confiábamos que el cura lo iba a salvar en la otra vida. A lo mejor nuestros hijos muertos están en el cielo. Nos reconfortábamos por lo menos.

Ellos siempre gorditos y chapuditos.

Nos les preguntábamos si eran felices en la tierra. No nos importaba la vida ajena, menos la de un sacerdote.

Si nos ofrecían el cielo para los cipotes pues no creíamos que lo hicieran por farsear. Teníamos fe.

Y cuando ellos cambiaron, nosotros también comenzamos a cambiar. Era más bonito así. Saber que existe algo llamado derecho. Derecho a medicinas, a comida, a escuela para los hijos.

Si no hubiera sido por los curas no averiguamos la existencia de esas cosas que le favorecen a uno. Ellos nos abrieron los ojos, nada más. Después nos fuimos solos. Con nuestras propias fuerzas.

Aprendimos a mirar por nosotros mismos. El cura joven herido en el ano ya no volvió a llegar, después nos dimos cuenta que se había ido al extranjero pues estaba amenazado de muerte. Para nosotros era bueno. Para los demás era malo. Especialmente para los finqueros, que son los que más han sufrido cuando nosotros exigimos los derechos. Gastan más y ganan menos.

Además, una vez que supimos la existencia de eso llamado derecho aprendimos también a no bajar la cabeza cuando el patrono nos regaña.

Aprendimos a mirarles la cara.

Ganamos unos centímetros de estatura porque cuando uno agacha la cabeza es más chiquito y si uno levanta la mirada también se levantan los ánimos. Pasaron los meses y vinieron nuevos curas jóvenes y decían lo mismo. Los ojos más abiertos. Y José que en un tiempo había sido beato no le costó hacerse amigo de los cura. *Tenemos que entrar a las cooperativas, nos va a favorecer.* Las esperanzas de uno son verdes pero a veces llegan a madurar. *Y cómo vamos a entrar si no tenemos nada.* Y él, aunque sea con los chanchos, me decía. Mejorar la crianza de gallinas, huevo puesto huevo empollado, y nada de comerse los chanchitos, dejarlos crecer. Así llegamos a tener hasta cuatro docenas de gallinas y más huevos para venderlos a la cooperativa.

A veces venía gente de la ciudad a cantar a la iglesia, canciones que hablaban de la pobreza de uno. Aprendiendo que la verdad es otra. Estábamos engañados. Uno debe ser bueno. La bondad no debe confundirse con la sumisión.

36

Y pensando en el curita que habían mal matado.

Si lo hacen con los padres, sin más compromiso que su iglesia, qué cosas podían hacer con nosotros. Después de la oración era mejor no salir, mucho menos al desvío, por lo lejos que estaba y porque ahí pernoctaban los guardias hasta más allá de las siete de la noche, hora del último bus a Chalatenango.

Y nada de echarse traguitos fuera de hora. Y vieran que a José le gustaba echarse sus petequenes y el pobre sufría no poder ir a charlar un rato con sus amigos en el desvío.

A Sebastián le iba mal en los negocios pues la clientela le había disminuído. Don Sebastián los mandaba a sus casas porque ya era hora de cerrar.

Por dos semanas no se vieron guardias en Kilómetro.

Como que sabían lo que habían hecho.

Después ya estaban allí. Primero comenzaron por donde don Sebastián. *Si no ha venido algún cura hijueputa a dar misa a la capilla.* Don Sebastián les seguía la corriente. No le quedaba otro camino. Don Sebastián, aunque venda caro, siempre va a estar con los pobres. *Figúrense que desde lo que le pasó al padre Luna ya no vinieron, allí está la capilla, sucia, ni siquiera se acerca la gente.* Y como saben que es vecino y nosotros somos unidos. Y que no le creían. Hubieran querido que se fuera en la chicagüita. *¿Y vos quién creés que le montó verga a ese cura comunista?.* Sebastián se va para el mostrador que está atrás para echar las corcholatas de las gaseosas que les había abierto. *Nunca se supo el autor.* Y los guardias picándolo, haciéndole trampas para ver si caía. *Los que le metieron el palo en el culo al cura han de ser unos malvados.* O haciendo como que bosteza, porque ya no tiene corcholatas que ir a echar al mostrador y debe hacer frente a la provocación. *Es posible.* Saboreando la gaseosa de yinyirel. *Ahora te han comido la* *lengua.* Se rie porque no hay otro camino. Me *ha estado doliendo la muela toda la mañana.* Lo invitan a una cerveza y él les dice que no toma cuando está trabajando. Y ellos. *Si nosotros te invitamos.* "En estos casos uno tiene que hacerse el maje", le contaba don Sebastián a Chepe. *Si no es por el gasto sino porque a mí como dueño de tienda no me conviene tomar pues ahí se me va la ganancia, por eso ni aunque me inviten, acepto.* "Claro, que si yo mostraba algún nerviosismo iban a notar que me los estaba magiando, ahí termina Sebastián, y en verdad que con vos si me puede beber algo, pero con esa gente yo no podría pues luego se van tomando confianzas".

Todo esto me lo contaba despuesito José. "Imaginate, Lupe, hasta donde llegan con su cinismo".

"Abusan de la gente honrada", le decía yo a José.

Y en otra ocasión, de visita en la tienda.

—*No sé si le contó Chepe.*

—*Algo me dijo.*

—*Dicen que comunismo es andar metiendo ideas en la cabeza y que el padre Luna era de los meros rojos.*

—*Ya no va a pensar uno, pues.*

—*Ellos dicen que lo malo son las ideas comunistas, andar metiendo la política en la iglesia.*

—*¿Y qué es eso de política y comunismo don Sebastián?*

—*Decir que se debe gozar en la tierra para no tener derecho a ganarse el cielo.*

"Eso es lo que más resienten los guardias, Lupe, porque de una manera suave los curas se la meten a los patrones y éstos saben que han sido los curas los culpables de que la gente comience a protestar. Los guardias sostienen que a los curas se los ha ganado el demonio colorado y que la culpa la tuvo uno de esos papas romanos y que a tiempo lo envenenaron y si no ya todos los católicos serían comunistas". Pues antes, le digo yo, los curas sólo nos ofrecían el cielo y no les importaba que se murieran los hijos y si teníamos clínica estaba bueno y si no teníamos, estaba bueno también.

—*Y pensar que antes no salían los curas de las casas de la finca, ahí se la pasaban, y venían nada más la única hora que ocupaban para dar la misa.*

—*Eso te digo, Lupe, yo no estoy defendiendo a los guardias, lo que pasa que los curas ahora se han ido al otro extremo y nada más quieren pasar con uno catequizándolo, deberían mantenerse neutrales, así no les pasaría nada.*

—*Es que el cristianismo habla de hacer el bien a los pobres.*

—*Y ahí tenés que se han tirado a los finqueros encima, ahora no los pueden ver ni pintados, pues los curas han traicionado a quienes siempre les hicieron bien.*

—*Ay, don Sebastián, Ud. como que le está dando razón a los guardias.*

—*No, mirá, Lupe, yo sólo te estoy diciendo lo que ellos me cuentan cuando vienen a tomarse acá su yinyirel, vos sabés que yo soy amigo de ellos por necesidad.*

"Yo lo entiendo", digo. Lo que no entiendo todavía es por qué los guardias se ponen al lado de los ricos. El hijo de la Ticha por ejemplo, es guardia y todos sabemos las miserias que pasa la pobre para comer o para darle de comer a los nietos que le han dejado las hijas que se fueron por mejor vida a la capital.

Uno comprende estas cosas, es lo cierto, uno lo sabe, lo que se ignora es saber cómo explicarlas. Don Sebastián también las sabe. Quizás hasta la misma Ticha, la pobre anda en andrajos pues todo lo que gana ella y su marido se va en los frijoles y el maíz para tanta cría de sus hijos. Cinco nietos son.

José también lo entiende y a veces sabe explicarlas con palabras.

María Romelia.

Pues yo, verdad, participé cuando fuimos al Banco para tener respuesta para la rebaja de los insecticidas y los abonos, pero el Banco estaba cerrado. Hicimos un pequeño mitin. Entonces se oyó un grito de que corriéramos. Y corrimos, pues sí, nosotros corriendo. Entonces venían ocho radio-patrullas detrás. Después comenzaron a disparar y me pegaron un raspón de bala en el brazo izquierdo. Entonces nos venimos para el puesto donde estaban los buses, pero no estaban, se los había llevado la polecía. Y nosotros que no conocíamos San Salvador. Yo andaba con mi primo Arturo, no me le desprendía porque es, o era, muy vivo aunque sólo tenga quince años. Y me dijo que nos fuéramos para la iglesia que está cerca, la de San Jacinto, creo. Pero la iglesia ya estaba tomada por la polecía por si acaso nos íbamos a refugiar allí. En eso vimos un bus de la 38 y mi primo me gritó: mirá allí dice Chalate. Y corrimos al bus, por casualidad nos topábamos con la línea que va cerca de nuestro cantón. Le dije que nos montáramos, pues. Y estaban otros montados, otros compañeros. Entonces nos vinimos, cuando sentimos el halicóptero que venía detrás de nosotros. Entonces si el bus se paraba también se paraba el halicóptero. Porque de las ventanillas bien se miraba. Entonces una compañera venía apiando por grupos en cada parada del bus. Y el halicóptero se detenía en el aire. Y la compañera apiaba otro grupo. Arturo y yo nos tocaba apiarnos en la otra, pues así nos dijo la compa. Entonces vimos detrás un radio-patrulla siguéndonos. Allí llegamos a un retén de la polecía de hacienda. Entonces sí, nos dijeron que nos apiáramos, que nos iban a registrar. Lo cual que pusimos las manos en el bus con las piernas abiertas, cuando ya nos habíamos apiado; pero no nos registraron. Ahí empezaron a tirar. Entonces nos metimos debajo del bus. Entonces nos tiraron allí abajo. Yo sentía cómo me zumbaban las balas cuando nos tiraban con sus fusiles. Entonces, entremedio de las balas, nos subimos de nuevo al bus. Entonces, cuando nos subimos cerraron la puerta y mataron al señor que iba manejando el bus. Se habían metido todos al bus. Y sólo quedó un polecía afuera cerca de la puerta, apuntando con su metralleta. Entonces nosotros tirados, acostados, en el bus. Y los polecías nos dijeron que si nos movíamos nos íbamos a morir. Entonces tiraban a las ventanas sólo para quebrarlas y nos caían los chigüistes. Recuerdo que mi primo Arturo no se movía para nada, más creo que estaba muerto. Entonces, ahora sí, me balearon la mano derecha. Me salía bastante sangre. Entonces dejarón de disparar. Yo le dije a la compañera que me habían fregado en el brazo. Y que nos saliéramos del bus. Y así delante de los polecías de hacienda me apié y me salí junto a la compañera. Quizás por estar cipotas no nos dispararon. Saliendo del bus vimos la radio patrulla detrás. Y los polecías de hacienda le dijeron al radio-patrulla que llamaran por teléfono a otro halicóptero. Que querían otro halicóptero. Y desde el halicóptero que estaba en el aire comenzaron a disparar al bus. Entonces ví que encima de los barrancos estaban otros hombres emboscados, tirados en el suelo y apuntando para el bus. Entonces cuando salimos nos paramos a ver. Entonces le pedimos a un policía pisto, pues se nos había perdido la cartera y íbamos a tomar otro bus. Y el policía nos dio dos pesetas. "Y a vos, cipota, te hirieron la mano". Me dijo. "Vos saliste sin ningún rasguño". Le dijo a la compañera que nos venía apiando por grupos y que yo no me le desprendía. "Cuántos años tenés". Me dijo. "Trece". Le digo. "Y vos, cuántos". Le dijo a la compa. "Quince". Le dice la compa. En eso llegó otro polecía y agarró a la compa del pelo y la llevó para el bus. Y lueguito con otros dos polecías la agarraron de la cintura y la aventaron dentro del bus por las ventanillas quebradas. Yo sólo me quedé viendo. Y la suerte que tuvo que ningún güiste la hirió, pues al rato venía para afuera como si nada y la vi que se tiró para un barranco. En eso estaba cuando vi que los polecías tiraban bombas por las ventanillas. Eran bombas lacremógenas. Y salía una gran humazón. Y luego pusieron otra bomba y comenzó el bus a arder con la gente adentro, pues a todo esto los hombres seguían tirados en el bus porque si salían les iban a disparar a matar. Entonces, después que pusieron las bombas lacremógenas, volvieron a entrar los polecías a ver dentro del bus. Y entonces si les disparaban pues yo oía los gritos adentro. Entonces el bus estaba destrozado. Entonces yo me fui para el barranco por donde se había ido la compa. Y le gritaba por el monte pero no contestaba. Entonces salí cerca de un desvío y me metí al desvío, allí cerca estaba un rancho y me orienté a él. Entonces había pasado más de una hora. Y allí había una viejita canosa que me

43

habló, hijita ques lo que le pasa, porque yo me había bañado el vestido de sangre. Y que adentro estaba otra cipota, me dijo. Y cual es mi extrañeza que era la compañera que estaba dormida encima de unos matates de maíz. "No la vaya a despertar porque ha estado llorando hasta que se durmió". Me dijo. "Si quiere se quita el vestido con sangre y se pone este trapo encima mientras le voy a lavar la mudada". Y me envolví en el trapo que era una cobija chapina y me tiré sobre los matates de maíz. Sólo dormí un ratito cuando me despertó la voz de un viejito que hablaba con la viejita. Y entonces oí que el viejito decía que ahí cerca estaban abriendo unos zanjos pues dos halicópteros le habían disparado al bus de la ruta 38, cerca de la salida de Apopa y que el bus se había incendiado y que a otros les estaban abriendo las costillas para que se pudieran quemar mejor y les daban cristiana sepultura en los zanjones. Y otro día me dijo la compañera que me iba a dejar en el hospital porque yo tenía la herida bien fea. Y no iba a llegar a la casa así como andaba que hasta podía perder la mano. Y le dije: "Vaya, pues". Porque le había tomado una gran confianza como si fuera mi mamá. Y ella me internó despidiéndose de mí. Antes le pregunté que de qué cantón era y no quizo decirme: sólo le pregunté por mi primo Arturo, que si se acordaba de él, y me dijo que habían encontrado el cadáver de un muchacho como de quince años. Un hermano mío que también había ido al Banco pasó después en otro bus y vio la quemazón de la 38 y pensó en mí; pero nadie quiso bajarse a mirar. Y de la casa nos buscaron que era lo imposible, hasta que me hallaron en el hospital. Pues a mi hermano le preguntaron si me había visto a mí y a Arturo. Y les dijo que no, pues él iba aparte, en otro grupo y parecía que los de mi grupo se habían perdido y los había dejado el bus; y que a lo mejor venían en la ruta regular de la 38. Y mi mamá se puso bien afli-

jida. Hasta que dieron conmigo. Estuve diez días en curación y si no me buscaban de la casa era porque todos los hospitales estaban vigilados para ver si algún familiar llegaba a buscar heridos. Al pasar los ocho día se atrevieron acercarse al hospital. Sólo a mi primo no lo encontraron ni vivo ni muerto. Una vez aliviada, mi mamá me llevó para la casa. "Ay, hija", me dice mi mamá al acercarse a la cama. "Ay, hija, lo que tenemos que sufrir por tanta pobreza, fijate tanto que se trabaja y no nos alcanza siquiera para comer, ni siquiera hay para los frijoles, no digamos para ropa". Y yo le digo: "No se aflija, mamá, que si nosotros luchamos algo vamos a conseguir, por lo menos que nos den semilla para sembrar, que nos den abono para que estas tierras puedan dar buena cosecha". Y me dice: "A saber a costa de qué sacrificio vamos a tener alguna cosita. Yo no creo que nos van a dar nada, son puras ilusiones, nunca en la vida nos han dado nada. Si no trabajamos no comemos". Y le digo: "Si no se trata de pedir por pedir, sino de reclamar nuestro derecho, pues el gobierno ha dicho que el Banco es para hacer préstamos y se pueda así comprar semillas y abonos". Y me dice: "Ay fijate, vos tan cipota, ni siquiera has cumplido los trece años y ya tenés que andar exponiéndote, era preferible que yo fuera a San Salvador a esa manifestación, de todas maneras una ya está vieja y nada importa nos peguen un balazo, pero vos que no has vivido nada, todavía tenés derecho a estar en este mundo, para mi ese es el único derecho que debemos pedirle al gobierno, poder vivir en este mundo, pues por algo hemos nacido". Y le digo: "Es que usted es muy exagerada mamá". Y me dice enojada: "Exagerada! cómo voy a ser exagerada si no se sabe si hasta podés perder la mano". Y le digo: "No se preocupe, apenas fue un raspón y si me dieron de alta en el hospital es porque ya no tengo ningún peligro". Y me dice: "Imaginate que perdieras tu mano, lo único que se tiene para no padecer de hambre, para trabajar, qué harías vos sin tu mano derecha". Así se pone mamá de pesimista. Ella está así desde que se llevaron a papá. Se había ido a vivir por Ilobasco en busca de trabajo, allí hay mucho trabajo de cortar piña y lo pagan muy bien. Mi papá siempre está fuera de casa, él anda detrás del trabajo, donde hay trabajo allí anda él. Casi ni lo vemos por andar ganándose la comida. Porque todos trabajamos nada más por la comida. Vivimos de milagro. A veces viene cada quince días. La última vez nos dijo que iba a estar fuera por un mes, cuando se fue a cortar piña: "Pórtese bien y ayúdele a su mamá", me dijo. "Voy a ver si le puedo traer una tela para que le hagan un vestido". Me dijo. Nunca había estado tanto tiempo afuera. Dicen que se lo llevó la guardia porque había organizado un grupo de campesinos que había ido a la manifestación del Banco, a San Salvador. Yo no lo vi. Como era tanta gente, que no lo vi. Mi papá está organizado en la federación cristiana. Me dijo que aunque yo era joven podía pertenecer a la federación para que me fuera concientizando. Yo me afilié también pero no asistía mucho a reuniones, pues le ayudo a mi mamá a cuidar a los cipotes, mis hermanos. Ella va a trabajar a la finca, plancha y lava ajeno. Como no hay quien cuide a mis hermanos, pues yo hago las cosas de la casa, veo por todo. Por eso cuando me vienen a invitar los de la federación cristiana no siempre les acepto, porque los domingos son los días de más trabajo para mi mamá. A veces hay unos compas buenos y me dicen los vamos a llevar a todos, para que podás salir, por lo menos y me los llevan chineados. Así es como he asistido a las reuniones, con los cipotes. A veces molestan mucho, va de llorar y llorar. Y me da pena con los compañeros. Les digo que me vayan a dejar. Es que los cipotes son muy dormilones y por eso les da esa lloradera. Y ellos me dicen acostalos en el suelo. Y por allí me les arman un guangoche para que se acuesten. Han de tener lombrices porque lloran mucho. Así es que ya soy famosa por andar con tres cipotes en las reuniones. Uno de mis hermanitos tiene apenas ocho meses, o sea que está tierno, el otro es de dos años, sólo la hembrita no molesta pues ya cumplió los cinco y me ayuda por lo menos en llevar la cebadera. Y yo le digo a mi mamá: "Es preferible que usted y mi papá estén vivos porque si no fuera por ustedes no se pudiera mantener la casa". Todo eso platicamos mientras me pone emplastos de agua caliente con hojas de guarumo. En la mano balaceada. Ahí estábamos en lo que llaman a la puerta. Y mi mamá me dice voy ir a ver quién es. Y va. Y luego dice: "Te buscan María Romelia". "Que entren", le digo. Y voy viendo a la compa. La que venía en el bus organizando la bajada en grupo. Y le digo: "Qué andás haciendo por estos lados". Y me dice: "Andaba visitando a mi abuela y me contó que por acá había alguien herida de una bala en la mano, entonces pensé que eras vos". Y le digo: "Y vos que fuiste tan buena, que quizás no me hubiera salvado de no ser por tu ayuda". Y me dice: "Ah, no, vos tuviste una gran serenidad para salirte del bus". Y le digo: "No te imaginás, cuántas desgracias nos han pasado". Pero mejor no sigo. Nada más le cuento: "Mi primo, Arturo, ya lo dimos por muerto". "Pobre", me dice. Y yo que ni siquiera sabía su nombre. Entonces le pregunto: "Y cómo te llamás?". Me ha traído unas naranjitas para que me hagan un refresco. Unas galletas de animalitos. "Yo me llamo Adolfina, soy nieta de Gaudalupe Fuentes". Y le pregunta mi mamá: ¿Y vos de quien sos?". Mi amiga le contesta: "Soy de María Pía". Le ofrezco una galleta de animalitos. "Ah, no, cómo te las voy a quitar si apenas te pude traer ese paquetito", me dice. Y luego sigue hablando: "Mi abuela me tenía ese paquete de galletas, pero cuando se me puso que vos eras la cipota que estuvo conmigo en el bus, pensé que te las podría traer, y luego bajé esas naranjas del palo que hay en casa de la abuela, ya son las últimas que quedaban". Y mi mamá le dice: "Todos hemos sufrido un poco, si no es una cosa es otra". "Fíjate lo que le pasó a tu tío Justino", sigue diciendo mi mamá. "Nos han puesto un odio especial porque hemos abierto los ojos", dice Adolfina. "Tus abuelos sufrieron mucho", le digo yo. "Quien más sufre es mama Lupe, dice. "Le toca pasar sola, pues papa Chepe duerme en el monte, desde que lo amenazaron", sigue diciendo. "Es una calamidad la que está pasando en el cantón, ya nos estamos quedando sin hombres". dice mi mamá. "No hay que acobardarse", dice Adolfina". "Así es", digo yo, tomando valor de las palabras de mi compañera. "Algún día van a terminar nuestras desgracias", dice mi mamá. "Las mujeres nos estamos quedando solas, quieren terminar con todos los hombres, fíjate. José con lo bueno que es anda durmiendo en el monte". "¿Y tu papá también duerme en el monte?", me pregunta Adolfina. "No, a él se lo llevó la guardia y no dice donde lo tiene, está desaparecido", le contesto. "¿Y cómo se llama tu papá?", me pregunta. "Emilio Ramírez", le contesto. "Yo he oído hablar de él", dice. "¿Vos has sabido algo?" pregunta mi mamá. "Sí, él fue capturado con mi papá, cerca de Ilobasco; despuesito que yo me vine para donde mi abuela". "Nosotros ya nos aburrimos de estarlo pidiendo, nos insultan, se burlan y bueno, todo lo que se tiene que sufrir", habla mi mamá, se calla y luego sigue: "Así es que vos sos la hija de María Pía? casi no venís por estos lados a ver a tu abuela porque te hubiera visto". Y tu mamá jamás regreso a Kilómetro. "Con los hijos se le hizo difícil venir por acá, sólo yo me acerco de vez en cuando", le dice mi amiga. Y sigue: "Cuando estaba chiquita sí me traían a pasar varios meses aquí, sobre todo porque mis papás se iban para Santa Tecla toda la temporada de corta de café y mi abuela me cuidaba, podría decir que me crié con ella, viera cómo me hace falta cuando no puedo venir a verla". "Yo quizás te vi donde don Sebastián alguna vez pero nunca nos hablamos", le digo a Adolfina. "Yo sí me recuerdo de vos, lo que pasa es que estabas más chiquita pero nunca te perdí de vista aunque hubieras crecido, no perdés la fisonomía", dice Adolfina. Y luego así la plática. "Y pensar que se encontraron en esas circunstancias tan difíciles, en lo del bus, de buena se salvaron, fijate pues que mi sobrino Arturo ahí ha de haber terminado, ni siquiera nos dieron el cadáver, ni los nueve días pudo rezarle mi hermano, pues uno de pariente mantiene la esperanza de que algún día van aparecer por aquí, tal vez se conduelen del dolor humano y los sueltan, si es que todavía están vivos", así habla mi mamá, siempre quejándose y con esperanzas, la pobre. Y dale que dale: "Yo creo que quizás ya viene el fin del mundo, tanta maldad sólo puede tener esa explicación, fijate, pues, lo que hicieron con tu tío Justino, una barbaridad y pensar que la Lupe tiene tanto coraje, dicen que ni siquiera lo lloró, siempre le admiré esas fuerzas a tu abuela, es única; porque en verdad que puede hacerse sino aguantar y aguantar y confiar en que por lo menos ustedes van a conocer la tranquilidad, van a vivir en paz y sus hijos van a tener comida suficiente", no puede parar cuando se emociona y si se le contradice se enoja. La escuchamos atentamente. "Pobre mamá", pienso yo, mientras mi compañera tiene los ojos llenos de agua. De pronto un silencio es aprovechado por Adolfina: "Supe que estás en la federación cristiana; es el camino: organizarse para que no nos golpeen; yo también estoy organizada con los trabajadores del campo". Rato después pasamos a mi mano; "Gracias a dios, salió bien del hospital", dice mi mamá. Adolfina se va un poco más tarde. Cuando la veo ir, se me hace un nudo en la garganta.

6.30 a.m.

Estoy contenta este día. Chepe se quedó anoche a dormir. Se fue como a las cinco. Quizás por eso me desperté, pensando cosas.

Apechugadita como estaba, arrimadita a él. El calor de José. Estar con él sin hablar, pegado a él, al sudor de su camisa: pasármela por la cara, como se hace con los niños tiernos, su camisa sudorosa, la humedad que se pega en la ropa tras un día de trabajo intenso.

Apareció por detrás, ayer por la tarde entre los matojos de guineo enano. Pijiriche estuvo olisqueando y luego inquieto hasta que salió corriendo al fondo del solar.

—Pijiriche, deje las gallinas. . .

Y no me hace caso, moviendo la cola cuta de aquí para allá, como quejándose. Y le vuelvo a gritar:

—Cuidado me espanta las gallinas. . .

Y lo veo saltar de alegría, sus quejidos cariñosos. Porque

así es: hasta se orina de alegría cuando ve a Chepe.

Viene por ahí como un espanto.

—Pero José, hubiera tirado aunque sea una piedrita para decirme que estaba por aquí, tamaño susto el que me ha dado.

Y me dice que quería darme una sorpresa, imagínense venir de repente por detras de la casa. Muchas veces lo hace, pero en este caso me asustó porque no lo esperaba. Resulta que José, no viene a dormir, se va para el monte, como casi todos los hombres del cantón. Y de día tampoco lo veo pues está trabajando. Del monte agarra para el trabajo. Después de la muerte de Justino vinieron a hacerle amenazas y que si no quería despedirse de este mundo mejor se fuera de la casa.

Y que iba a hacer el pobre. Lo convencieron, eso sí, pues lo que es él no quería irse y más que todo por estar con la demás gente, si todos los hombres se van para el monte por qué no iba estar él con ellos. Lo convencieron entonces. Yo también. Hacelo por tus hijos, le dije. Los tres pequeños que tenemos. "Vaya pues", me dijo.

Y como no lo veía decidido le dije: "Por nosotros no te aflijás, sabemos cuidarnos solos y si no estás vos no creo van a venir a molestar".

Y él sólo haciéndole ujum, ujum, es decir no muy convencido. "Te podés ir hoy después de trabajar, así no te espero". "Comonó", me dijo. Y como no se aguanta por ver a los cipotes, se vino el domingo a estarse todo el día. "De día no hay ningún peligro", me dice. Y es cierto. Esa gente es como los murciélagos, sólo ataca de noche. "Dormimos bajo un guanacaste, luego de limpiar de matojos y de zacate el suelo, por ahí vamos escogiendo el lugarcito para cada uno", me dice.

Se va al monte sin su gusto, yo lo sé. "Ahí vamos a ir viendo como nos arreglamos mientras pasa esta crisis, por suerte los cipotes duermen como una piedra, no molestan de noche, vos lo sabés", y él me oye atentamente.

Hace frío sin él, eso sí. Pero yo tengo mi cobija chapina de colores. Me la regaló José para una navidad. "Te traje esta chiva", me dijo. Y casi celebramos una fiesta de contentos. Pues en la noche entra mucho frío y eso que el rancho está bien tupidito con las varas. En el día sí hace calor, especialmente en verano.

A buena madrugada viene a tocarme la puerta. Los cipotes dormidos todavía. Se toma su café y dos tortillas tostadas con sus frijoles. Y luego se va al trabajo; apenas puede ver a los hijos pues a esa hora todavía no han despertado.

Anoche sí vino a dormir. Tomando sus precauciones apareció detrás del solar. Pijiriche lo descubrió primero. Y yo creyendo que el chucho jugaba con las gallinas.

Casi ni dormí, es cierto. A las cuatro de la madrugada ya estaba espiando el cielo. O a saber qué horas. Mirando la estrella de la mañana. Haciéndome señales de pispileo por entre las varas. Yo también haciendo guiños.

Da buena suerte mirar el lucero de la mañana. La estrella que anuncia la hora de poner el maíz al fuego. Y mirar directamente es mejor. Cuando le hace así para arriba y para abajo, como que se apaga y se enciende. Da buena suerte dicen. Ah, si diera buena suerte yo siempre la tendría, pues me encanta verlo, no hay día de dios que me despierte sin saludarlo.

José dice que soy juguetona. Yo no sé. Cosas que se le meten a uno desde chiquita.

Mi papá y mi mamá me dijeron: "Siempre que lo veás, saludalo porque da buena suerte". Y por eso lo hago.

Suerte por adelantado porque José se animó a acompañarnos, se dejó venir y todo fue bien. Se acaba de ir luego de tomarse su cafecito. "Las tortillas son de ayer al mediodía", le digo cuando le sirvo su sartencito con frijoles. "No tengás cuidado, no vas a palmear en la madrugada sólo por darme gusto", me dice.

"Me da pena porque ni siquiera podés comerte una tortilla recién salida del comal, con eso que no venís a almorzar y ahora ni a la cena", mientras le hablo él me ha estado mirando a la luz del candil. Porque no es hora del clareo. En esta época el sol sale tarde, a las cinco todavía no se ve uno ni un dedo, hay que encender la luz, pues hablar en la oscuridad es difícil, no verse las bocas que se mueven, no mirarse los ojos, es como estar hablando con los muertos. Los muertos sí pueden hablar en la oscuridad porque ellos se van acostumbrando poco a poco ahí donde están bajo un metro de tierra. Los muertos están hechos para eso, para vivir en las tinieblas. Los vivos somos otra cosa. "Por dónde habré dejado los fósforos" mientras busco en mi delantal. "Dejá eso así, de todas maneras ya viene la luz del día", me dice.

Y yo: "Es que de todas maneras tengo que encender el fuego para que te vayas con el estómago bien calientito te voy a preparar el café y no te vas a comer los frijoles helados".

"No te molestés por nada, suficiente tenés con lidiar todo el día con los cipotes". Así es él, no le pone peros a nada. Antes era un poco contumerioso, ahora ha cambiado. Y mientras lo veo comer a la luz del candil me quedo quietecita, sin decir palabra. Es la despedida. "No voy a venir en estos tres días", me dice. Y luego: "Por eso me vine a dormir anoche".

Y no le pregunto nada. Porque en eso estoy pensando, en preguntarle, cuando llora el cipote pequeño. "Vieras que está bien llorón". "Han de ser lombrices", me dice.

Y le digo: "Deberías conseguirme polvo de culebra". Y se enoja: "Ya vas con tus cosas, bien sabemos que lo mejor es la medicina". "Sí le he dado unos papelitos que compré hace poco pero no le hacen efecto", le digo. "Pues seguíselo dando hasta que le haga efecto", me dice.

"Tan caras que están las medicinas, lo que antes valía diez centavos, ahora son a dos por veinticinco, compré cuatro papeles de bismuto compuesto y ya sólo me sobra un paquetito", le explico.

"Te voy a dejar una peseta, que por aquí me está sobrando y le vas a comprar otros dos papelitos". Y le digo: ¿no te vas a quedar sin nada?". "No necesito porque uno en qué va a gastar si del trabajo nos vamos para el monte", me dice.

"Vaya pues", le digo y estiro la mano.

Y de nuevo me estoy quietecita, sin decirle una palabra. Me gusta verlo comer con hambre. Deja lavado el sartén. La oscuridad es peligrosa para todos.

Me gusta la luz del sol.

La vida se pone cada vez más difícil. Dicen que somos muchos en este país. Y lo que más abunda son los pobres. Montón de pobres por todos lados. Pero qué le vamos a hacer, qué culpa tenemos. Por eso hay tanta hambre por estos andurriales y por todos lados. Bueno, yo pienso que la vida no debería ser así. Lo que importa es tener conciencia de que uno es pobre, me repite Chepe. "¿Y eso de qué sirve?", le pregunto. Y me responde que solamente así vamos a tomar fuerza para reclamar, para exigir a lo que tenemos derecho. Todo lo demás es una farsa. Lo que debemos reclamar siempre son los derechos del pobre.

La gente de acá, del Kilómetro, siempre ha pensado muy bien, aunque siempre hay arrastrados en todas partes.

Los caporales de las fincas son los más culebras, ellos siempre están orejeando para los dueños de las fincas.

De la finca nos viene el trabajo pero también los malos

vientos. Aquí cerca está la finca, menos de media legua, de ella hemos vivido toda la vida, es cierto.

También es cierto que esa finca ha progresado gracias a nosotros. La hemos hecho caminar. Antes ni siquiera estaba pavimentada la carretera, era un camino de polvo en verano y de lodazal en invierno, ni siquiera los mulos podían pasar en la época del temporal, allí por septiembre. Quedábamos aislados.

Y vamos a ver ahora las fincas, todas las fincas de estos lados están unidas por carreteras pavimentadas. Por ahí pasan bien aventados en sus carros.

Nosotros nunca hemos sido envidiosos. Nunca que yo recuerde ha existido en nuestros corazones ese pecado. Eso que uno dice cuando está cipote de que si la envidia fuera tiña todos fuéramos tiñosos, es pura paja. El problema no es de envidia, es de necesidad.

Se olvidan ellos que sin las manos de nosotros no hay siembra, no hay repela, no hay corta, no hay chapoda. Los machetes no se mueven solos.

Las manos que más se mueven son las manos de los campesinos. Algunos de nosotros apenitas podemos mantener una yunta de bueyes para jalar una carreta para ir a vender y comprar alguna cosita al pueblo. Ellos sí pasan rápidos en sus yip y sus limosinas, a toda velocidad que ni siquiera miran la gente que va por las carreteras. Todas estas cosas hemos hablado con José. Y no nos duele el alma hablar del prójimo. Antes sí. Ni siquiera podíamos pensar en mal, pues ya creíamos que nos estábamos condenando. Para todo era condena. Para todo había infierno. Para todo había fuego que castiga. Nuestra lengua siempre estaba amarrada por temor al pecado.

El infierno está empedrado de malos, nos decían. Y los malos eran los que pensaban mal. Nosotros estábamos siempre queriendo ser buenos. Creíamos que ser bueno era agachar la cabeza, no protestar, no reclamar nada, no enojarse. Nadie nos había aclarado estas cosas. Al contrario, a cada rato se nos ofrecía el paraíso celestial. El premio por ser bueno. Respetar al prójimo, en verdad, era respetar al patrón. Y respetar al patrón era ser conforme con lo que él dispusiera. Si no había frijoles para comer después de trabajar en la finca, era porque el patrón no podía, el patrón tenía pérdidas. Si no había ramadas para dormir era que al patrón no le había dado tiempo la cosecha para hacerla. Y allá estábamos nosotros sin comer, esperando la tarde o la noche para ir a comer a la casa, todo un día sin comer; o íbamos a dormir bajo los palos de pepetos en el cafetal.

Confundíamos el bien con la resignación. Todas estas cosas platicamos con José. Anoche mismo lo hicimos, aprovechando que ya nos está quedando poco tiempo para hablar, pues nuestros hombres ni siquiera pueden dormir en sus casas. Es una barbaridad. Las mujeres nos vamos a enfermar de tanta angustia. Pues eso es lo peor, es la tortura que nos causan: la angustia y el desasosiego. ¿Quién habrá hecho malos a los ricos? Toda la noche casi, hablando con él. Apechugadita, envueltos con la misma chiva chapina.

—Callate ya porque se van a despertar los cipotes.

—Ellos duermen como palo, ni siquiera los truenos los despiertan.

Nos pasamos la noche hablando suavecito. De oído a oído.

—Ya es tarde —le digo.

—No es para tanto —me dice.

—Hasta los grillos se callaron ya.

Y así nos vamos estando quietos, en la oscuridad, pensando en nosotros y en los hijos, por ahí arrinconaditos. En los pequeños porque los grandes viven acompañados, cada quien en su casa. En estos no pensamos mucho, al fin y al cabo han hecho su vida independiente. A veces aparecen de visita. Una vez al siglo.

Bueno en verdad, tenía dos hijos grandes: Justino que vivía cerca de San Martín, hasta que nos vino la desgracia con él. Porque desde entonces estamos más angustiados. Y María Pía, viviendo ahí por Ilobasco, la pobre. Por lo menos Justino dejó de sufrir. Nos dejó solos. Era parte de nuestro sostén. Cada quincena venía con sus centavitos. "Mamá, aquí le traigo esta pequeña ayuda". "Ay, hijo, no te sacrifiqués, ayudame con lo que podás". "Por mi no tengo pena, mamá". Y todas esas cosas que uno agradece en un hijo. Era mayor que María Pía. Con una diferencia de cinco años porque quizás dios no quiso darnos hijos en esa oportunidad, sólo uno más que se me murió desmoyerado cuando tenía ocho o nueve meses. Ahora tendría 26 años, sólo año y medio mayor que Justino y cuatro años menor que María. El pobre ni siquiera cruz le pude poner. Fue hace tanto tiempo que ya me parece un sueño. Ni lágrimas me salieron por él. Estaba tan chiquito que ni siquiera se llega a encariñar con el hijo. Y además, sufren tanto cuando se les baja la moyera que uno mejor prefería que se fueran a juntar con los ángeles. Porque así nos decían los curas de las misiones que se acercaban una vez al año por estos andurriales. Los vecinos eran tan buenos que nos regalaron el papel crespón para cubrirle la cabeza a los cipotes que acompañaron a Manuel de Jesús a su última morada. Así se llamaba, Manuel de Jesús. Por lo menos pudimos cantarle para que no fuera a contagiar de tristeza a los ángeles.

Después de Justino como que dios ya no quiso favorecernos con más hijos hasta muchos años después, ahora vieja se me dejaron venir tres cipotes: tengo uno de siete, otro de cuatro y el seca leche que anda pateando los dos años.

A veces mi penar son los pequeños, pues uno puede privarse de los frijoles y comer tortilla con sal, pero a los cipotes no le puede faltar su comidita, por lo menos cuajada o requesón con frijoles. Aunque últimamente no alcanza. Por ellos vale la pena sacrificarse. Y sin embargo son los que más hacen sufrir. Si no hay para la comida, uno se desespera. "Y hoy qué les voy a dar". Y no se diga si se enferman.

Es mejor que la enfermedad se le transmita a uno, porque ellos sufren mucho y lo peor que por estos lados ni remedios hay, o a veces no hay pisto ni para comprar un papelito medicado. Por eso es que mejor uno prefiere los remedios caseros: que infundia de gallina, que manteca de garrobo, que polvos de culebra, que hojas de guarumo o manteca de zorrillo. En fin, todas esas cosas que en algo alivian a los cipotes, aunque dicen que es mejor irse quitando la costumbre de usar cosas que no son de la botica. Eso dicen los curas. Y nosotros les hacemos caso. Pues de todas maneras por acá no existen los doctores. Yo, por lo menos, y doy gracias a dios, no conozco un doctor, no sé como serán.

Aunque José me ha dicho: "Si los cipotes tuvieran un doctor que los atendiera no se murieran así porque sí". Nosotros nunca hemos tenido esa asistencia. Y muchas veces pienso: Y si hubiera doctor por estos lados, con qué pisto podríamos pagarlo, si dicen que cobran caro. Esas preguntas me hago. O se las hago a José.

"La cosa es tener medicina gratuita", me dice José. "Uy, pero eso es imposible pues la gente debe cobrar para poder sostenerse", le digo. "Es que la medicina gratuita es diferente, como la de los hospitales", me dice. Y como no me gusta dejarme convencer tan fácilmente, le respondo: "Sí, pero en los hospitales cobran una cuota, por eso es que algunas gentes no les gusta ir a los hospitales, prefieren morirse en sus casas y no en la ciudad, pues además de gastar en bus, se gasta en la cuota, y de dónde si no se tiene, y luego que los cadáveres dicen que los llevan a la morgue donde los descuartizan o si no los mismos doctores se quedan con los cadáveres para aprender más".

Y así le voy contradiciendo a José y él tiene la paciencia de irme explicando. Por eso yo digo, más que cualquier otro cristiano, Chepe es el que me ha abierto los ojos. Es más, hoy no me quejo tanto como antes, porque uno va tomando esa conciencia de ser pobres que dice José. Lo que ocurre es que uno no es de piedra para hacerse la desentendida. Lo mejor es sufrir en silencio y también saber responder bien cuando nos quieren farsear. Por eso es que debemos aprender tantas cosas, para no vivir con los ojos cerrados. "Nosotros debemos salvarnos por nosotros mismos".

Ultimamente ha aprendido muchas cosas, pues al pobre le interesan los problemas de la comunidad. Digo así, porque con lo mucho que debe trabajar, todavía anda interesándose por los demás. "Hay que ayudar a la gente, para que ellas mismas se den cuenta de sus problemas", me dice.

Y yo le aprecio esa cualidad. La gente también lo aprecia mucho. Saben que él lo hace por el bien de todos. No es egoísta. Y si debe decir la verdad no la anda callando. A veces pienso: "Ojalá que no le vaya a pasar nada a Chepe, suficiente con haber perdido a Justino, suficiente con el sufrimiento de María Pía que se ha quedado sin marido pues se lo han desaparecido".

Todo eso pienso. Y él me dice: "No te preocupés, si los que estamos claros no hacemos nada, estaríamos hundidos de por vida". "Si yo no me preocupo", le digo, para no tener que sumarle el problema de mis preocupaciones.

Pues como digo, si uno no es de piedra. La muerte de

Justino me destrozó, para que voy a mentir, me dejó hecha leña. Por lo menos con María Pía hay esperanzas de que Helio
vuelva, a lo mejor aparece. Por lo menos es la esperanza que
me da mi nieta Adolfina.

Ella se deja venir por acá de vez en cuando. Es una cipota muy inteligente. No ha estudiado mucho, apenas hasta el
quinto grado, pero a saber de dónde saca tántas cosas. Una cipota chispa. Viene y me ayuda a jalar agua del pozo. Desgrana
maíz junto con mis cipotes y jugando jugando llenan un canas-
to. Es muy apegada a nosotros, no olvida a sus abuelos. Ahora
con la muerte de Justino viene más seguido. Desgrana y desgrana y hablando cosas. Habla igual que Chepe. "No se preocupe,
abuela, algún día vamos a tener nuestro premio y los pobres ya
no vamos a sufrir". De dónde ha sacado esas cosas, yo no sé.
Apenas anda pateando los quince años.

Lo único que no me gusta de ella es que esté viniendo
muy seguido, ya está crecidita y puede ser la tentación de un
hombre malo. Por aquí no hay peligro pues todos nos conocemos, pero como ella viene de tan lejos, desde Ilobasco, los peli-
gros son muchos a su edad. Y como no es fea. Eso es lo que me
da miedo.

Cuando le digo mi preocupación, sólo se pone a reir. Así
es la juventud de estos tiempos. Hay que entenderlos.

"Mire, abuela, yo vengo por ayudarle a desgranar maíz y
a jalarle agua, también vengo por paseo, me va a creer, pues como usted ni sale siquiera y mi mamá no puede venir, por lo
menos tiene a su nieta". Así es ella.

"Si yo no es por nada, para mí no sos un estorbo, lo hago por vos y tu mamá, no vaya a tener otra mala noticia, con
lo que ha sufrido ya. Vieras, la ayudita que me das no es tanto
como la alegría de verte por aquí. Nada más lo digo por las cosas malas, hoy nadie está seguro ni en sus casas". Y no deja de

desgranar mientras le estoy hablando, sentada sobre un matate, las piernas abiertas y cayéndole las faldas hacia adelante
que le cubren los pies y su sonrisa inocente. Flor de mayo en
las puntas de los retoños. Así es Adolfina. Se da un aire a José
en la mirada y la manera de decir las cosas. Mucha seguridad en
sus palabras. Un carácter fuerte. Son cosas que vienen de naci-
miento.

"Abuela, estoy pensando llevarla un día a Ilobasco, para
cambiar de aire, ¿le parece? necesita ver a su hija y sus otros
nietos, en cuánto gane un pistito en la corta de café, la vengo a
traer". Siempre está bromeando. Yo nunca he pasado más allá
de Chalate. ¡Dios me libre!

7 a.m.

Así ha sido Chalatenango desde que tengo noción de vida: tranquilo, sin problemas grandes, solamente los de la casa, sin robos ni delincuencia. Dice mi mamá que ella siempre lo recuerda como un lugar pacífico. Que el último muerto fue hace unos cuarenta años, apenas estaba yo bien cipotía. Por aquí llego un señorcito a pedir trabajo. ¡Y qué trabajo podíamos darle nosotros! —dice mi mamá. Al fin consiguió a saber de qué cosa cerca del desvío, una quinta que había antes por acá. No tenía un mes de estar trabajando cuando lo llegaron a traer las autoridades. Dijeron que era enemigo de la democracia, a saber a qué se estaban refiriendo pues el hombre no se metía con nadie. Lo único malo que podía achacársele era que tenía una escopeta y con ella salía a tirar palomas alas blancas o tepescuintles. Mi mamá todavía tiene presente al hombre chelón, alto como palo de coco, el cañón de la escopeta asomándole por los hombros.

Y como no tenía documentos las autoridades dijeron que eso era una presunción y como él no se sometió, hizo resistencia, pues allí mismo lo dejaron tendido de un culatazo:

Rubenia Fuentes:

—Nunca se me va a olvidar, hija, vieras como le daban. De alma le daban al pobre chelón.

Guadalupe Fuentes:

—Y por qué habrán sido tan ingratos, mamá?

Rubenia Fuentes:

—Sepa Judas las razones, lo cierto es que vos sabés que con la autoridad no debe jugarse.

Guadalupe Fuentes:

—Pero usted me ha dicho que él no le hacía mal a nadie, sólo salir a cazar.

Rubenia Fuentes:

—Pues ahí está la cosa, que a la autoridad no se le debe dar el menor motivo, porque ellos tiene que actuar con drasticidad, para eso les están pagando, ellos ganan un sueldo.

Guadalupe Fuentes:

—No les pagan para matar a la gente honrada, para disparar por la mínima cosa.

Rubenia Fuentes:

—Ah, hijita, entonces ¿para creés vos que les dan esos fusilotes que parecen varejones, más grandes que ellos? Para dispararlos, hija, para dispararlos, porque si no disparan se crean fama de que las autoridades no sirven para nada nada más de adorno.

Dicen que allí murió instantaneamente, porque lo cierto es que los vecinos no se metieron pues en esa época se hablaba mucho del comunismo y las autoridades andaban furiosas. "La indiada se había levantado y eso no lo iban a perdonar aunque se acabara toda la gente de por aquí". Me decía mi mamá. Fue despuesito del treinta y dos. "No te imaginás lo terrible que fueron esos días, ni siquiera se podía tener un santo de estampa porque ya creían que la oración que tienen escrita por detrás eran consignas del comunismo y ahí nos tenías vos quemando la virgen del Refugio, el Santo Niño de Atocha, y hasta el Salvador del Mundo". Y yo le digo que ha de haber sido una cosa terrible. "Es que debías tener cuidado hasta para suspirar, no fueran a creer que estabas lamentando a un muerto y con eso había presunción que tenías un pariente comunista muerto, más de cuarenta mil cristianos murieron en ese tiempo". Y yo le digo que anantes se salvó ella y mi papá. Ella me explica que en Chalate no hubo levantamientos pues como aquí no había cafetales, tampoco había muchos trabajadores y nadie se insolentó por estos lados". Suerte tuvieron entonces, le digo. "Dios me guarde, te hubieras quedado sin papá, pues ya por el hecho de sér hombre era una presunción de que eras comunista", me dice. "Como por aquí no hay grandes cafetales, la vida es más tranquila, uno come cuando hay, para nosotros la pobreza es una bendición", sigue diciéndome. "Qué cosas, verdad?", le digo.

Se lo llevaron los guardias de arrastradas, para el desvío, pues allí tenían las mulas en que habían llegado. El muerto quedó enterrado aquí cerca o bien se lo comieron los zopes. La autoridad se iban riendo mientras cabalgaban en sus mulas.

Se les veía la risa en los ojos que es el único lugar por donde pueden reír.

Pues la autoridad no puede reir. Le esta prohibido, por lo menos nunca se ríen con la boca. Ellos están hechos para reclamar, preguntar y capturar. Reír es una debilidad. Ellos mismos lo dicen: la risa abunda en la boca de los tontos. Una autoridad no debe mostrar debilidades ante los civiles porque si no pierden precisamente su autoridad. Las autoridades son cortas de palabra, no deben perder su fuerza hablando con los civiles. Actúan. Sólo así pueden defender la propiedad que es sagrada. Por eso es que muchos de ellos son pagados por los finqueros. Según como se porten así son las propinas que les dan los dueños de las fincas. Las fincas yermas, para pasto de ganado.

Todas estas cosas me las ha dicho mi mamá.

Las fincas de por aquí son grandes, nunca se sabe hasta dónde llegan. Si uno se pára en un paredón o en un peñasco, todo lo que alcanza la vista es de un solo dueño. Hasta el horizonte es de ellos. Y el cielo también. Las autoridades les cuidán la tierra, pues quién se va a robar algo de la finca si sólo chiribiscos se ven por estos lados. Bueno, está el maíz, pero que nos parta un rayo si cualquiera de nosotros se va a robar una mazorca.

Las autoridades están en vez del dueño de la finca. Yo nunca he visto al dueño de la finca, pero a las autoridades siempre las estoy viendo. El dueño de la finca ni siquiera se acerca por acá. Nada más pasan zumbados por el desvío en sus carros, en sus yipes. Pero que nadie se vaya atrever a sembrar de escondidas en un pedacito de tierra porque dios guarde. Que nadie corte un árbol; un tamarindo por ser un tamarindo que no vale mucho no te lo podés coger sin permiso. Y muchas veces uno no ve ni siquiera un alma en el camino y pueden dar ganas de meterse para robarse un mango o un aguacate, porque a veces puede antojársele a uno algo, cuando ve alguna fruta caída, más que todo por capricho. Pero eso es lo peligroso, pues no se sabe de dónde puede aparecer la autoridad. Y como ellos disparan; uno ni siquiera los ve, pues esos animalotes pegan desde lejos, pueden estar escondidos en un matorral o detrás de una piedra. A veces se suben a los palos de mango a comer mangos y luego allí en las ramas duermen la siesta.

Siempre se está vigilado, pues. Y como dicen que en arca abierta el justo peca, ellas tienen que ser rígidos para cuidarnos, aunque seamos la gente más honrada del mundo.

A veces nos regalan leña, para qué voy a mentir:

—Dice el patrón que pueden entrar a la finca a recoger leña.

—Gracias señor agente, le voy a avisar a los demás.

—Pero tienen que apurarse porque sólo es para este día, después no digan que uno es malo.

—No señor agente.

Así, sí porque tenemos permiso. Esto ocurre cuando se acerca el invierno, cuando van a comenzar las quemas. En la época de las chicharras y de la semana santa. Ahí andamos entre los palos de pepeto cuidándonos de que no nos vayan a miar las chicharras, pues aunque no hace ningún daño, nunca es bueno dejarse ensuciar por un bicho insignificante.

—Adiós Lupita. . .

— Adiós, comadre. . .

—Venga acompáñeme

—Para dónde va, comadre

—A cortar leña, hoy han dado permiso, aproveche.

—Y cómo lo supo, comadre. . .

—La autoridad estuvo por aquí y le dejó dicho a Sebastián, él nos mandó a avisar.

—Espéreme pues, comadre, me voy a buscar un guangoche, pero pase adelante, no se quede afuera como si no fuera cristiana. . .

—Traiga aunque sea un trapito para que no se vaya a espinar. . .

—Gracias, comadre, yo creo que Chepe dejó por aquí el guangoche.

—Compermisito, pues.

—Jale un zancudo y se sienta.

—Y los cipotes, comadre, el ahijado. . .

—Por ahí andan correteando en el patio, pero mejor ni les hable porque se van a insolentar y se nos van a querer pegar a la cola.

Ni me siento comadre Lupita porque no me van a dar ganas de levantarme, mejor la espero aquí, apúrese, pues. . .

—No se impaciente que ya salgo.

Así es que el pobre chelón ha de andar por estos lados, con el alma en pena, pues como ni le dieron sepultura; y si se lo comieron los zopes, aunque sea los huesos merecían ser enterrados. O a lo mejor se lo comieron los chuchos, porque dice mi mamá que en ese tiempo del treinta y dos los chuchos se comían los cadáveres, tanta era el hambre que había que ni siquiera los animales encontraban qué comer, ya ni siquiera los aguacates que es el alimento preferido de los chuchos. Todo era una miseria. Y lo peor es que algunas gentes que vivían de criar chanchos no pudieron venderlos porque también los chanchos se comían los cadáveres y entonces la gente ya no quiso comer carne de chancho. Todo esto pasó en Santa Tecla, dice mi mamá.

Bueno, lo que les decía. La muerte del chelón fue la última que había habido. En cuarenta años, casi.

Quizás por eso nos conformamos con la muerte de Justino, se hizo la voluntad de dios y la de esos bandidos.

Ni siquiera me gusta acordarme. Está tan fresquita su muerte.

María Pía:

Yo soy también de por acá de esta zona, esposa de Helio Hernández. Fue capturado por la guardia nacional. Cuando lo agarraron recibió torturas, es decir que le pegaban culatazos en la espalda, en la cabeza.

El venía de dormir del monte y se encontró con ellos.

Venía con Emilio Ramírez. Este cayó rápido. Helio logró correrse pero se manió en unos bejucos y se cayó al suelo.

Ahí le cayeron cinco guardias dándole culatazos en todas partes. A manera de dejarlo inmóvil. "Asesinos déjenlo", gritaba.

—Por qué te corriste, cabrón.

Allí salimos nosotros, estábamos en la calle cuando ellos venían ya con los muchachos. Yo estaba con un niño de quince meses en los brazos. Pues cuando se iban acercando todos ellos se pusieron a cortar chirriones de guayabo y al solo llegar la agarraron a chirrionazos contra nosotros, nos daban duro con los palos de guayabo.

Helio y Emilio todos golpeados, mirando. Amarrados por detrás. De ahí nos tomaron a patadas.

—Mujeres putas, las vamos a acabar a todas.

Y nosotros gritando: "Déjennos, que no les estamos haciendo nada".

Luego se los llevaron para la parada de buses donde había otros guardias esperando.

Al rato volvieron.

Y como nosotros seguíamos en la calle nos siguieron dando patadas, me agarraron al niño y le pegaron un pescozón en la cabeza que me lo botaron. Y luego me dieron chirrionazos en la espalda, en la cabeza, en el cuerpo, dejándome morada. Por fin me soltaron, cuando ya se habían cansado y volvieron de nuevo a donde estaba Helio y Emilio, sangrantes, aunque ya alguien les había puesto un trapo en la cabeza o quizás fueron los guardias para que no miraran, aunque a ellos no les importa   que vean o no vean. Y cuando llegaron de nuevo los volvieron a agarrar a culatazos. Los pescozones les caían a la par de los culatazos, en las orejas, en la espalda, culatazos y puntillazos con las botas que hasta la saliva se les salía a los guardias de las ganas con que les daban. Helio cayó al fin después de un culatazo en la cabeza.

Cayó como muerto.

Y los guardias le decían a Emilio:

—Levantalo si es tu amigo, no seas culero.

Entonces Emilio se agachó como mirándolo pues no podía ni echarle una mano pues estaba maniatado por la espalda.

Entonces vino Helio y levantó una mano como queriéndose levantar, pues ya estaba reviviendo.

Y cuando ya se había levantado, medio boleco, le empezaron a dar de nuevo con las culatas de los fusiles.

Los gritos que dábamos nosotros se oían en todo el pueblo que ya se había hecho un montón de gente preguntando qué pasaba. Después se los llevaron otra vez a la parada de buses, esta vez los jalaban de arrastradas y nosotros siguiéndolos. Los pusieron en el suelo y se vinieron hasta nosotros.

Y nos dijeron:

—Y ustedes, putas, qué es lo que quieren?

—Es que Helio es mi esposo.

—Conque eso tenemos, cabrona, decinos tu nombre entonces.

Y sacaron una libreta de apuntes. El que mandaba, el cabo. Entonces ví que era el hijo de la Ticha que se había quedado agazapado en la parada de buses como que le daba vergüenza que lo viéramos. Pensé rápido: Por suerte se habían llevado a Adolfina a la casa de mi mamá. Mejor que no fuera testigo de todo esto. Por suerte se fue.

—Vos sos María Pía. . .

—Sí, bien que me conocés, verdad?

Y dijo otro:

—Ve qué puta más abusiva.

Haciendo como que me iba a pegar con el chirrión de guayabo, pues no lo habían soltado.

Y dijo el hijo de la Ticha:

—Déjala, vos, ya no le pegués, que ya le dieron verga lo suficiente.

Y le dice el guardia:

—Ah, no, mi cabo, es que si uno se pone blandito con estas gentes nadie los va a aguantar.

—Sí, pero ya estuvo, mejor llevémonos a estos cabrones antes que se haga el escándalo.

Porque la gente del pueblo se había acercado bastante

preguntándonos qué era lo que habían hecho Helio y Emilio.

Y yo les dije:

—Es que venían de dormir del monte.

Ellos dormían en el monte porque alguien los chilló de que habían ido a la manifestación del Banco para pedir rebaja de abonos y de semillas. Entonces los habían venido a buscar dos veces, por eso decidieron irse a dormir al monte, pues la guardia siempre los busca en la noche para agarrarlos en la casa y no tener que capturarlos en las fincas para no comprometer al patrono. Al fin de cuentas fue el patrono el que los chilló de que habían ido a San Salvador, pues ese día varios pidieron permiso para no ir a trabajar porque estaban enfermos. Y el caporal de la finca había sacado la lista y se la había dado a la guardia. Porque no era casualidad que se habían acercado a todas las casas de los que habían ido al Banco.

Ayer mismo fuí a Ilobasco a verlos. Pedí hablar con el cabo Martínez, el hijo de la Ticha, pero me dijeron que andaba en comisión y además quién era yo. Un guardia sacó la libreta de notas para apuntar mi nombre y le dije que buscaba a Helio Hernández, pues hacía quince días lo habían capturado.

Y me preguntó hasta de qué iba a morir. Apuntándolo todo.

Me fui para el parque a sentarme a un banco, ahí enfrente de la cárcel, cuando ví que venía saliendo William, un niño que anda acompañando a los guardias, a saber para qué, es como una mascota y yo lo conocía porque desde mucho antes llegaba al pueblo con las comisiones de guardias. Anda aprendiendo quizás. Sepa dios.

Y le grito:

—William, William. . .

Quizás iba a hacer un mandado, pues él vive en la cárcel

de Ilobasco. Como todo el mundo lo conoce, yo le hablé con confianza.

Le digo. Cuando se ha acercado le digo:

—William, no has visto a Helio?

Y se pone a reir. Y me dice:

—Cómo no, ahí lo tienen.

Le pregunto:

—¿Vos lo has visto, William. . .?

Me contesta:

—¿Y dónde va estar, pues?

Ya me he levantado del banco, emocionada. Le vuelvo a preguntar:

—¿De verdad lo has visto vos, William?

Me contesta:

—Clarín de guardia que sí. . .

Más emocionada por lo bueno que es William, el niño de la guardia:

—¿Y no le ha pasado nada, William?

Me dice, sin dejar de reir:

—Los primeros días sí. Los metieron en una pila de agua con chile. Imaginate con las heridas lo que les ha de haber ardido, pegaban alaridos; luego les metieron un cepillo de dientes enchilado por detrás, allí en las nalgas y después se los metían en la boca para que se lavaran los dientes. . .

Y le digo:

—William, yo lo que quisiera es verlos. . .

Pero él no para de hablar:

—Fijate como tenían una gran sequía pues no les habían dado agua en varios días, pues el jefe les dijo que si querían un fresco de cuáquer que estaba en una botella, y ellos dijeron que sí. . .

Y como ya no quiero oirlo, le digo:

—¿Pero están vivos, William?

—Clarín que sí, ¿por qué deberían estar muertos?

—Es que uno ni los puede ver, están como desaparecidos.

Pero él sigue:

—Helio agarró la botella porque no aguantaban la sed y se la empinó y cual fue su sorpresa que sintió un fuego en la boca, pues el cuáquer estaba con malation, un veneno que se le da a los animales. Todos va de reírnos porque Helio había echado la bucharada de fresco. . .

Trato de que se pare, porque sé que está burlándose de mí:

—William, por vida tuyita, decime cómo está Helio. . .

Sin terminar de reírse me dice:

—Bueno, la última vez tenía desprendida la varillita de hueso que hay aquí en el hombro, la tenía desgajada, como se llama, la clavícula. En cuanto a Emilio yo creo que se petateó, no aguantó el ácido.

Y ya no puedo aguantar más:

—Ay, tan ingratos y por qué ni siquiera entregan los cadáveres, la mamá de Emilio se está muriendo de angustia y a Helio deberían mandarlo al hospital o dejar que lo vean, yo por lo menos. . .

Pero ya no me oyó, porque se fue corriendo y yo me regresé a la estación de buses para regresarme a casa. . .

Y ahora resulta : al regresar, como a las seis y media, me acosté a esa hora porque estaba con una gran calentura y un dolor de cabeza que tenía. Pues ya como a las diez de la noche comenzaron a tocarnos la puerta y yo les dije: "Quién es?". "Abrí", me gritaron desde afuera. Y de nuevo volví a decir: "Quién es?". Y me contestaron: "Abrí la puerta o te la aventamos a la mierda, es la guardia nacional".

Yo conocí la voz del cabo Martínez, el hijo de la Ticha y

agarrando fuerzas le grité: "Mire don cabo, yo no me puedo levantar porque estoy enferma."

Entonces ellos:

"Abrí o te la aventamos a la mierda".

Y una voz de cipote:

"Abrí Pía, abrí pollita, pío pío pío".

Era William, el niño de la guardia.

Entonces yo, vine y como temblaba de la gran calentura, le dije a mi niño de diez años: "Mira hijo, levantate". Y me dijo que no podía ir a abrir porque le daba miedo.

Entonces yo les grité a ellos: "Espérense, me voy a vestir".

Y ellos me dijeron: "Ah, así es que te vamos a esperar a que te vistás, cerota".

Agarré el vestido y en lo oscuro hasta me lo puse al revés.

"Espérenme". Les dije mientras encendía un candil.

"Nosotros no te vamos a esperar, o nos abrís o te aventamos la puerta a la mierda, ya nos cansaste la paciencia". Me dijeron.

Arreglándome el vestido estaba cuando sentí que volaba la puerta que por poco me cae encima, sólo tuve tiempo de tirarme sobre la cama donde dormíamos junto con mis tres hijos: una niña de siete, el de diez y el tierno de quince meses, o mejor dicho de dieciseis. Entonces me le dieron vueltegato a la cama y caí con todos ellos sobre el maíz que había en la troja.

Y me dijeron:

"Mirá, cerota, por qué no nos abrías".

Y les digo, todavía tirada sobre el maíz y los cipotes gritando de terror:

"Es que estoy enferma, déjenme".

"Aquí está tu enferma". Me dijeron. Y me cayó el primer culatazo en el ojo. Yo sentí que el ojo había saltado y después dijeron a darme en las costillas y en la espalda. Y mi niña les dijo: "Ya no le peguen a mi mamá." Los quiso arañar, desesperada, diciéndoles: "Suéltenla". Entonces un guardia levantó el brazo para pegarle en la cara, pero yo estuve presta en poner mi brazo y me cayó el pescozón a mí que por poco me desconchaba la mano. Entonces otro aprovechó para pegarme en las costillas un puntillazo.

Entonces el hijo de la Ticha me dijo:

"Así es que vos te oponés a la autoridad, esperate que todavía te falta lo peor, vos no has visto nada". Y mi niño de quince meses llorando pero yo no lo soltaba, para que no me mataran, porque con el niño no me iban a disparar. Al de diez ya ni siquiera lo sentía, tirado sobre el maíz.

"Aquí te va". Me dijo el hijo de la Ticha y me cayó la patada en la espalda. Me dieron como veinte pencazos más. Y por último una patada en el pie que me ha dejado patoja. De ahí, el cabo se subió a la cama y se puso a saltar sobre ella, queriéndola quebrar, y la tijera sólo tronaba, hasta que se despatarró. Viene entonces y con el corvo empezó a darle a las pitas de la cama, hasta picarlas todas. Parecía loco.

Después que hicieron eso, yo tenía en el suelo una tarrada de maíz desgranado. Viene el cabo Martínez y me quebró el tarro, desparramándome todo el maíz.

Luego agarraron una cebadera nueva que había comprado para las ropitas del niño, y una biblia, y se las llevaron. Despuesito se fueron a la casa de mi suegro y le comenzaron a tocar las puertas. Y William le gritaba: "Ah, viejo hijueputa, ahora si te vamos a cortar los huevos". Y mi suegra le decía: "Pero por qué, William". Y éste le decía: "Ah, viejo, porque a eso hemos venido, a cortarte la cabeza, redonda te la vamos a cortar". Entonces mi papá les abrió la puerta y comenzaron a darle culatazos en el pecho. William sólo se reía.

Desde entonces yo no duermo en la casa pues ellos me dijeron que si esta vez no me mataban la próxima me iban a ahorcar. Ahora me han dicho que tengo tres caminos: uno, que vendamos la casa, otro que nos vayamos de aquí sin andar vendiendo nada y otro, que nos quedemos aquí pero que van a matar a todas las mujeres que se quedan solas en sus ranchos. Pues como todos los hombres se van a dormir al monte, en la noche estamos íngrimas. Yo, ya sin Helio, pues me da miedo, ya sea de día o de noche. Ahora me voy a dormir al monte. A la oración voy con mis cipotes, les llevo un petate y unas cobijitas para el frío. Me siento más acompañada ya que allí se van a dormir todos los hombres.

Es preferible el monte, aunque a veces los zancudos y el frío no dejan dormir. Cuando aparezca Helio no me voy a sentir tan triste.

Y me pongo a pensar qué cosas tiene la vida, William apenas tiene doce años y ya es un criminal. Yo lo conocí cuando era más cipote, que ayudaba a cargar en la tiendona de Ilobasco. Y tan atento que era con los clientes. Hasta que se fue a trabajar a la guardia como guachimán.

Fue una semana terrible. Por quien más temía era por mi hija mayor, pero gracias a los vecinos la convencieron que se fuera estar unos días a Chalate, al Kilómetro, donde mi mamá. Yo no sé que pudo haberle pasado. Ni siquiera lo quiero pensar.

Adolfina

Es malo el camino este, el que empalma con la troncal del norte. La camioneta subiendo la cuesta. Garnacha vieja echando humo por todos lados como si fuera incendiándose. La polvareda se va para arriba, en remolinos: "Ahí va tu suegra ahí va tu suegra". Nada más para espantar el diablo, costumbres que le quedan a uno. Mi bisabuela Rubenia dice que en los remolinos anda el diablo. Y yo creo que también mi mamá cree su poco en eso. El polvo del camino se prende en las ramas de los palos, en las hojas que en verano se ponen grises aunque en invierno son verdecitas verdecitas, hasta brillan del lustre que les saca el agua llovida. Pof-pof-cuf, así le hace como chucho apaleado. Las piedras del camino nos hace brincar en los asientos. Viajar el sábado siempre da problemas porque viene uno en la gran apretazón y el polvo que se mete por las ventanas. La Doriana ya no puede caminar porque le falta una rueda para andar. Sólo faltaría que se quedara en el camino. Me muero. Viene uno como sardina. *"Baja, un momento"*, grita el cobrador de pelo gris al chofer de pelo gris, porque se van a bajar las gentes de pelos grises. Es el polvo del camino. Por suerte que son unos cuántos kilómetros, después se sale a la pavimentada, donde la Doriana, por más guarola que esté se desliza como una chucha cuta por la carretera.

—Por ahí han venido unos compas y dicen que es mejor que te vayas por unos días de la casa. Yo he pensado que el mejor lugar es donde tu abuela.

—Ay, mamá, creo que no es necesario.

—Te digo que tenés que irte, por algo lo dicen . . .

—Si no hemos hecho nada malo, mamá.

—Después de lo del Banco quizás van a venir a molestar los de la autoridad, de eso estoy segura, dice tu papá que él está de acuerdo en que te vayas una semana donde tu abuela Lupe.

—Bueno, pues.

Y ahí nomás enfrente está la carretera de enfrente, porque por aquí la carretera se mueve como una culebra. Los grandes peñascos que se ven mientras se sube para Chalate. Camiones llenos de cortadores de algodón bajan para la costa. Tanta tierra seca que hay por acá, polvo gris que se levanta en remolinos: *"Ahí va tu suegra, ahí va tu suegra"*. De este polvo estamos hechos nosotros. Pensar que de este polvo somos, que a este polvo iremos. Así dice el cura. La carne se hace polvo, sólo sube el espíritu. Ni siquiera azul es el cielo en estos lados, pura nube oscura de polvazón.

—Lástima que no hay quien te acompañe.

—No es necesario, me voy sola.

—No será peligroso, hija?

—En peores cosas he estado, mamá, es lo cierto, yo sé

cuidarme y no corro ningún peligro.

—Lo peligroso es que te quedés aquí.

"Chalatenango mi tierra bendecida, nidito tibio del jardín de Cuscatlán", me enseñaron esta canción en la escuela. A mí me gusta un poco, aunque dice mi papá que es la canción más mierda que se puede hacer a un lugar como Chalatenango. Mi papá es un poco malcriado y nunca le han gustado las canciones de la escuela. O a lo mejor tiene razón.

Ni siquiera me puedo comer un guineo porque se le pega el polvo. Y pensar que esa gente se va chupando una naranja. Quizás llevan sed y no les queda otro camino. En mi bolso cargo unos guineos para mi abuela. Siempre que vengo a verla le traigo guineos de seda pues en estos lugares ni se conoce; sólo el guineo enano, el majoncho y el manzano. O le traigo un par de plátanos. El plátano tampoco se da en estas tierras.

De milagro aparece el pájaro ese. Es un güis. Cuío-cuío, le hace el güis escandaloso cuando anuncia una visita. Mi abuela dice que también anuncia la muerte. Y mi papá dice todo lo contrario: que cuando el güis le hace cuío-cuío, lo que está haciendo es anunciando la muerte del Señor; no dice propiamente cuío-cuío, sino "Cristo fue". "No te has fijado que ese canto del güis sólo se oye en semana santa, o cerca de semana santa", me dice. Y es cierto. El güis canta en pleno verano. Yo creo que cuando cantan están pidiendo agua. Y nadie les da. Como las campanas de san juan que piden pan y no les dan. El güis está encaramado en una ramita de guanacaste, allá en la punta que si no fuera porque está cantando no sabría dónde está. Lo que sí estoy segura es que los güises anuncian visita, eso lo tengo bien comprobado pues cuando mi mamá está en la cocina y oye el güis ella dice: "Oí, viene visita". Y la visita llega. Bien comprobadito.

—Quince días con mis abuelos es mucho.

—Hágame caso, después de lo de su tío Justino usted se va y no me vuelve hasta dentro de quince días.

Aquí le tengo la plata para el pasaje, no ve que ni siquiera su papá duerme en la casa, hay que ser precavidos hija.

—Si no me estoy negando, nada más decía que es mucho tiempo.

—Bueno, pues, no me necée, ya dije la última palabra. Además no se olvide que alguna gente sabe que Ud. participó en lo del Banco y en la toma de Catedral.

Es el único pájaro valiente, pues se pelea hasta con los gavilanes, se encarama en ellos y los jinetean y por más vueltas que dé el gavilán no logra desprendérselo de encima. Son bien bonitas las peleas del güis con el gavilán, porque este se le corre y aquel lo va siguiendo; hacen volteretas en el aire hasta que el güis se le pone por detrás y ahí se le encarama en el lomo. El gavilán entonces le hace cuerk-cuerk y el güis canta en el aire: "Cristo fue", sin bajarse de su caballo.

Cuántos cristianos andarán volando en ese remolino? En esa nube de polvo que levanta la Doriana. El sudor, chorros de agua sucia corriendo por el cuerpo. El sudor se mezcla con la ropa. El sudor se mezcla con el polvo. Al llegar me voy a dar un baño. Polvo en la ropa, en el pañuelo amarrado a la cabeza. "Váyanse bajando porque ahora sí la cagamos con la Doriana", dice el cobrador. "Abajo todos". Por eso es preferible viajar primero a San Salvador y desde ahí tomar la treinta y ocho que va para Chalate, sale más caro, pero es preferible. Y como vamos lentos nos grita el chofer: "Abajo todos". "Calma pueblo", dice la gente. Y mi vecina de asiento lleva un cipote de brazos. "Tengo sed". "Ah, sí habla". Y ella le dice: "Cállese mamita, ya vamos a llegar". "Ah, es una niña". "Al llegar al desvío le compro un fresco de tamarindo", le dice a la niña. "Quizás se va muriendo de la sed", le digo. "Son puras mañas de esta cipota, si estuviéramos en la casa no anduviera pidiendo tanta agua, antes de salir la aturugué de agua precisamente para que no molestara en el camino". Es que así son los cipotes, les digo. "Entre más se les chinchinea, más joden, a uno lo aburren", me dice. Si quiere le da este guineo de seda pues a saber cuánto tiempo vamos a estar aquí. Ella agarra el guineo y lo pela. "Tome", le dice a la cipotía. Le da todo el guineo. La niña se lo come, ni rastros deja. Sentados en el solazo, encima de una piedra. "Vea no le vaya a dar mal de orín", me dice. No, le digo, si he puesto un trapo debajo, si quiere le ayudo con la niña. "Gracias", y me la da. "Tanto que molestan", dice. Y de nuevo veo al güis, tiene que ser el mismo, me ha venido siguiendo. El va a llegar primero al Kilómetro, le va a cantar a mi abuela y entonces mi abuela va a decir: "Oigan el güis, es señal que viene visita". Por eso el güis es como un mensajero. Trae y lleva mensajes. Me da sueño este sol. La niña se me durmió. "Si quiere présteme la niña y le ayudo". Me despierto cuando el cobrador vuelve a gritar: "Arriba todos".

En realidad nunca estuve dormida. "Gracias por la ayudita", me dice la señora.

9.30 a.m.

Desde un principio noté nervioso a Pijiriche. "No sé que le pasa a este animal". "Echese, le digo". Porque ya me cansaba con su gemidera. Se va debajo del taburete y al rato vuelve a levantarse, vuelve a la desesperación. "Las pulgas lo tienen loco". Yo sé que no son las pulgas, porque hace unos pocos días lo bañe con dedeté. Hásta que agarré un chirrión y le dije que si seguía molestando le iba a dar un buen chirrionazo.

Al poco apareció la autoridad. "Este animal se la huelía". Ni permiso piden estos infelices. Oigo chillar la puerta de golpe y ya vienen para adentro. "¿Qué es lo que quieren?".

Que si aquí vive Adolfina Guardado. Me dicen. "Queremos saber si esta es la casa de Adolfina Guardado". Me dicen. Que la andamos buscando.

Aquí no vive ninguna Adolfina Guardado. "Echese Pijiriche". Aquí vive Guadalupe Fuentes. "En qué podría servirles". Y ellos me contestan sacando una libreta, leyendo: "Aquí está bien claro, esta es la casa de ella". La voz de locutor, del que lee las noticias de las doce. La voz ronca viene desde una cueva llena de murciélagos. Desde un hoyo profundo y oscuro. Si no fuera porque Pijiriche me hace compañía me estuvieran temblando las patas. Adolfina lleva el apellido Hernández.

"Es mejor que no trate de engañarme". Yo no los estoy engañando pues mi nieta es de apellido Fuentes, Adolfina Fuentes. Las botas altas, de cuero que les llegan hasta la mitad de la pantorrilla y un correaje les cruza el pecho. Lo peor son los grandes animalones que cargan en el hombro. "Estos son los famosos automáticos que dicen". Casco de hierro como en las películas de los alemanes. Y un chunche como radio en la espalda. Esta gente es demasiado seria. Estudian para presidente. Y así quien no, con esos garrotes que disparan un montón de plomo por minuto, como dice José. Si te pegan en la pierna, te arrancan la pierna, si te pegan en el brazo, sale volando el brazo, arrancan el brazo. Así quién no, porque ser inteligentes, eso ya se sabe que no lo son, porque la gente estudiada no se anda metiendo a autoridad. Lo sabemos por la propia experiencia. De estos alrededores se ha ido más de alguno buscando ser autoridad y no son la mejor gente, eso es ciertísimo como que me llamo Guadalupe Fuentes de Guardado, mujer de Chepe, José.

"Mire a nosotros no nos interesa su verdadero apellido, a quien buscamos es a una parienta suya que se llama Adolfina, ustedes se cambian los nombres".

"Dicen que esos fusiles que cargan es lo mejor que hay en el mundo, en fusiles; ni siquiera en las películas, Guadalupe, ni siquiera en las películas se ven porque son demasiado modernos y las películas que traen por estos lados son más viejas que el tufo del culo", me dice José.

La nieta de Adolfina es hija de María Pía Guardado

Fuentes, mi hija, casada con Helio Hernández. Yo sé que mentir es un pecado y para estas gentes un pecado se paga caro, de manera que si me dicen un nombre y no es ese, pues tengo que decirles la verdad. Ahora no sólo castiga dios sino que también estos hombres. Mejor hacerse la desentendida, quién quita se habrán equivocado. O a lo mejor es un sueño, pues cómo es posible que esta gente pregunte por mi nieta. Tiene que ser una equivocación. Ella es una cipota. Mejor que preguntaran por mí o por José. Porque vaya, la gente mayor si puede ser mala, pero una cipota no. Desde cuándo les habrá agarrado a estos meterse con los inocentes. Ni que uno fuera alacrán para dejarse que se coman a los hijos. Los nietos son también nuestros hijos.

Ellos me dicen que no hay ninguna equivocación, que se trata precisamente de ella, de Adolfina. Me doy por vencida.

—Anda por el desvío comprando sal y una cuajadita para el tierno.

—¿Cuál desvío?

—En la tienda de don Sebas.

Una manera de explicarles. Quizás quieren algún bocadito con tortillas calientes. Lástima que ya se me apagó el fogón y este día no puse el comal de todas maneras. Y así se olvidan de todo. Ya va a ser hora de poner el comal, de encender el fuego.

Se les ve sudorosos por el sol fuerte, aprieta mucho el sol. Y han venido a pie desde a saber dónde. Siempre dejan lejos el yip, es costumbre que tienen. Les encanta caminar porque así los ve mejor la gente, se fijan en sus cuerpos altos, en su uniforme color de caca de buey, sus polainas y sus animalotes automáticos. Todos ellos son altos y fuertes. No ha de ser casual; bien comiditos que están. Siempre andan en parejas. Son dos, pero por ahí han de estar las otras parejas. Hablando entre sí por los chunchitos que parecen radios. Desde el yip han de estar hablando.

—La vamos esperar entonces.

—Si hacen el favor.

Y se han quedado parados en el corredorcito, han sacado sus pañuelos con olor a sudor y tierra. Se limpia la frente uno de ellos. El otro se dedica a revisar con los ojos lo del corredor y más allá de las matas de guineo enano, como escaroleando debajo de las hojas secas, buscando debajo de las macoyas de guineo.

—Pueden sentarse si quieren.

Dicen que no. Algo como un nudo en el galillo, un anzuelo que ha llegado hasta el corazón y que comienza a ser jalado desde arriba. No por mí, esués, ya a nuestra edad mucho hemos vivido. Por Adolfina más que todo.

Siempre alegan legítima defensa. Matan y ahí termina todo. Defensa propia. Es cosa seria.

Quizás quieran un huacalito de agua. No me oyen porque se hacen los desentendidos. Está fresquita, hasta sudando se vé el cántaro colorado. Agua llena de vida. Agua fresca del pozo.

No les sale ninguna palabra. En estos casos lo mejor es encomendarse a dios. Casi me he tragado la magaya, escupo la saliva negra del tabaco.

Esta gente siempre trae la mala suerte. Por eso les he ofrecido agua, para espantar un poco la mala suerte. Además el agua no se le niega a nadie.

Alrededor del fogón. Este abanico viejo ya no sopla nada. Le voy a echar un poquito de gas a la leña. Se mete el viento caliente de afuera y me apaga el fuego. Si no quieren aceptar favores es para no pasar después como desagradecidos. No quieren deberle nada a nadie.

Los chiribiscos siempre truenan como si fueran un montón de cohetillos. El fuego los va destrozando poco a poco. Salen las llamaradas. El fuego rojo de los chiribiscos. Y luego se enciende la leña gruesa. Ahora puedo sentarme, en el banco de madrecacao. El tronco lustroso de madrecacao sobre cuatro patas de madera de tabla.

—Ya no vino la mujer esa.

Oigo que hablan en voz baja. Les explico:

—Es que anda con los tres cipotes y el menor está de brazos, la pobre ha de venir sacrificada.

No me importa que sepan que les estoy oyendo. Mi deber es explicarles. Ni caso que me hacen. Un nudo baja desde la garganta hasta las canillas. "Por eso se llama canillera". Digo o pienso. Un temblor de piernas. Todo es imaginario, porque miedo que se diga no siento, el que no la debe no la teme. Un leve temor por la cipota. Por ser tan cipota. A Adolfina le gusta el arroz y se hace el esfuerzo de comprar cuando ella viene, con lo que le cuesta llegar desde su casa hasta Kilómetro; vale la pena, pues, hacer el sacrificio y comprar arroz. Del sartén sale humo blanco. Humo del vaticano. La ceniza vuela hacia los troncos que sostienen el techo del rancho. Los troncos del rancho que se han puesto negros de hollín. Tiene más de quince años, de milagro no se cae. Por estas cosas le salen canas a uno antes del tiempo. El arroz se está secando, necesita más agua. Y las manos se hacen como una araña de cinco patas. Las penas ponen famélicas a la gente.

Las penas y las bandideces.

"Van a creer que estoy loca". Por instinto levanta uno las manos para hacer la cruz. "No vaya a creer esta gente que me estoy persignando porque les tengo miedo". A esta edad ya no se tiene miedo. Bien es cierto que no estoy tan vieja, lo que pasa que uno se pone a tener hijos desde cipota. Yo me fui con

José cuando tenía quince años. Nadie diría que voy a cumplir cuarenticinco. La vida golpea.

"Quieren un huacalito de agua?", vuelvo a pensar. A esta gente mejor no ofrecerle nada, son unos desagradecidos. Un montón de sal que sale por los ojos. De dónde saldrá la sal de los ojos. Con este delantal sucio ni siquiera se puede uno limpiar. Me lo regaló José hace dos años. Es demás, siempre lo van a notar pues los ojos se ponen colorados.

"Han de estar bravos".

Pero no. Ellos son bravos. No están. Es lo que los distingue. Lo noto en sus ojos. Las arrugas de la frente. "Quién se habrá inventado las autoridades". Están furiosos, no hay duda. Pese a estar bien comiditos, tienen la piel reseca. Además a veces pienso que son tristes. Porque nosotros, para que lo voy a negar, dentro de nuestras pobrezas tenemos nuestras alegrías; claro, es cosa de saber hinchar el cuero.

"No, no queremos", me dicen cuando les ofrezco de mi agua. Nada perderían con aceptar. El agua es sagrada y no se le puede negar ni al diablo.

—Para tomar agua tenemos estas cantimploras.

—Por si acaso se les ofrecía.

Si creen que lo hago por un interés ya la cagan. Es cosa de ellos, una cosa es el temor que se les pueda tener y otra es la atención.

"Chucho, venga para acá". Porque a Pijiriche se le ocurre acercarse.

¡No digo que este chucho es inteligente! pues en otro ya les hubiera ladrado. Como que adivinara.

—Pijiriche, ya le dije que se eche.

—Y este chucho cabrón de dónde habrá salido.

—Ya ves, ya te insultaron por andar de tonto.

Si les llega a ladrar es chucho muerto. "Pijiriche", le grito esta vez. Porque se acerca al hombre.

—Ve que chucho más hijueputa, ya me orinó la bota.

—¡Chucho infeliz!.

Me lo había imaginado. Va volando por los aires de una patada. "Venga para acá, ya me le quebraron las costillas, bien merecido lo tiene". Esto le pasa por bruto. Y yo diciendo que es un chucho inteligente.

Y me va entrando una risa. Por la forma cómo se sacude la bota el guardia. "Eso está bien, que se vaya a sufrir su dolor a las matas de guineo, así no lo hace pasar a uno por malos ratos".

De nuevo la risa. Vuelve a entrar la risa. "Que le pasará a esa vieja puta". Bien merecido me lo tengo por este chucho puñetero. Pero más hijueputa es él. Y la verdad que a mí no me da risa que Pijiriche se haya orinado en el hombre. Es la verdad. Lo que pasa que me recordé del chiste de Chepe. La visita llega a la casa del general Gómez, el famoso general, sentado en su hamaca. El visitante se sienta en un taburete debajo del cual está echado el chucho del general. De repente se le sale al visitante un pedito sinquerer. Y éste para disimular la vergüenza le echa la culpa al chucho, diciendo nada más como un reproche: "¡Chucho!" Y mira debajo del taburete. Y el general sólo se mece en su hamaca, fumando su puro chirilagua. De nuevo se le sale otro pedito al visitante, se agacha hacia el chucho y vuelve a decir: "¡Chucho!". El general sigue tranquilo meciéndose en la hamaca. Al tercer pedito que se le sale al visitante el general está listo para decir: "¡Chucho, apártate de ahí que te va a cagar el hombre!".

Es el chiste preferido de Chepe Guardado.

—Esa vieja está loca.

Fíjense lo que puede ganarse uno por un chucho mión.

Y mi mamá me decía, vos sos muy boca barata, sólo riéndote andás. Y es cierto. Cuando estaba cipota de nada me reía. "Se te van a helar los dientes", decía mi mamá; o bien: "Cipota que comienza a reirse mucho es que está pidiendo hombre". Pero como una ni atinaba estas cosas. Yo tenía diez años nada más. Y vaya que cuatro años más tarde me estaba juntando con Chepe y no anduve coqueteando nada porque como él era mayor que yo. Las cosas se arreglaron a través de mi mamá. José me sacó de la casa apenas estaba pateando los quince, en ese aspecto yo no gocé de la vida pues cuando uno se compromete con un hombre ya debe olvidarse de todo y además como desde un principio salí embarazada de María Pía pues a criar los hijos y ponerse seria porque los compromisos crecen, los grandes podemos estar sin comer. Los cipotes es otra cosa. Y ya lueguito, ahí chineando me iba al cafetal. A Santa Tecla, con José. Aunque despuesito me vino el segundo. Y así la vida.

Más de alguna vez, tuve risitas de chucho con José, pues no voy a decir que no le coquetié, me ponía florcitas en la cabeza y cuando el llegaba me las quitaba y comenzaba a deshacerlas por una especie de nerviosismo, pues aunque él era bastante mayor que yo siempre me cayó bien, desde un principio. Claro, nunca me iba a imaginar que todo terminaría con ser mi marido.

Nos casamos. Poniendo los ojos bizcos mientras llegaba de visita a la casa o haciendo dibujitos en el aire o estar pasadera y pasadera frente a él, hasta que mi mamá me decía: "Niña, que le pican las hormigas para estar de inquieta". Y Chepe me miraba.

Y yo también.

Luego uno se va cansando, es la verdad. Y adiós risitas, vienen los hijos. Que la temporada de café y hay que alzar vuelo con todos los cipotes y apenas un petate y las cobijas. Ni siquiera ropa porque uno siempre anda con la misma ropa, la de reir y llorar. De ahí se inventaron la canción aquella: "Con la misma ropa andas". Por uno, pues que se va a hacer si se vive en la pobreza. Sólo quejarse y quejarse. Mientras no se tiene claridad asi es la cosa.

Y bueno, las puteadas que la autoridad le puede hacer a uno; ya se sabe de dónde vienen.

Y se sabe por qué son esas puteadas, por qué se ponen bravos. Pues una vez yo le pregunté a Chepe lo que era estar concientizado, y más o menos es eso. Saber por qué. Y quizás por eso me da la gran risa, pues ellos quisieran que uno estuviera ahí agüevada, sin hallar qué hacer. Es cierto, me preocupa la cipota y daría la vida por ella.

Pero eso de agüevarme es otra cosa.

Muchas veces me ha aconsejado José: hay que ser respetuoso, hasta donde se pueda, con la autoridad. Nada de echárselos de enemigos. No provocarlos, no corrérseles porque disparan. Especialmente si vos notás que te pican de gusto, algo quieren. Buscan tu reacción para aprovecharse y ver cómo joderte. Nada de aceptar provocaciones. Todo esto se puede lograr sin necesidad de agüevarse. Así me dice José.

Lautoridad

Viera que nosotros nunca habíamos comido con tenedor ni cuchara no se imagina el lujo, brillan como si fueran de
plata, o de oro. Bueno, nada más había comido en cuchara de
jícaro, de esas que nosotros mismos hacemos, para tomar atol
shuco y que se deben estar cheleando cada cierto tiempo con
un güiste. Lo malo de esas cucharas de plata es que le queman
la boca a uno, mientras que una cuchara de jícaro no tiene ese
defecto, uno se toma el atol caliente y no pasa nada.

Mucho menos habíamos comido en mantel, como los
manteles en que se envuelven las tortillas, sólo que más grandes
y con guilindujes de colores alrededor; y la tela no es de manta
sino como de seda, fínisima, no se imagina, parece terciopelo,
pluma de paloma. Y no se diga las sillas. Bueno, todo es un paraíso. ¿Qué más podemos pedir?

Y si bien es cierto que el profesor nos trata mal. Un gringo del carajo que sabe mucho; con todo, yo no cambiaría mi vida por otra cosa, dios me libre. Comemos carne todos los días, al principio como no estaba acostumbrado me hacía daño, me dolía el estómago. Es más, ni siquiera comemos tortillas, es otra cosa que al principio da problemas pues a uno le dan sólo pan untado con algo que se llama margarina o mantequilla de ajo, y para qué contarle pues yo sé que ni me entiende. El otro profesor, un chinito que no habla español, sólo jerigonza nos dice: Ustedes viven como príncipes, para que se den cuenta. Bueno casi ni se le entiende: "Vivil plincipe, cuenta, cuenta". Que nos da risa porque se le enreda la lengua, pero todos calladitos porque dios nos guarde con el chinito. Como profesor si es bueno.

Fíjese, por ejemplo, el puré, yo que putas sabía; le voy a explicar, es algo como la masa de maíz pero es de papa, masa molida aunque usted no lo crea; al principio da asco, cuesta tragar porque es insípido y le ponen encima unas ramitas de culantro. Pero después, mire, es un manjar de los dioses. Así dice el chinito: "Manjal diose". Yo hubiera querido traerle un poquito de eso para que lo probara pero como a la salida lo registran todo a uno, no fuera ser me encontraran el puré en la maleta. Ni siquiera sé por qué le llaman puré. Mire, le voy a decir para serle franco, y perdone la palabra: el puré parece caca sólo que con olor a semen. Imagínese, pero uno tiene que comérselo a la fuerza. Y después es cosa de acostumbrarse. Dicen que esa comida se la inventaron en Francia. Yo no sé. Tan inventora que es la gente de esos países.

Por la mañana un jugo de naranjas y una leche que se llama yogur, mire el juguito está bien; pero el yogur, a la gran puta, perdone la expresión; bueno, para decirle, si el puré tiene olor a semen, el yogur casi es el semen mismo. Y uno debe tragárselo, como el purgante de lombriz. Al principio, yo, al des-

cuidatito, me tapaba la nariz para ver que me pasara, ahora me basta con concentrarme de que es bueno y me pasa sin ninguna novedad, es como echarse un trago de guaro, viera, de dos o tres buchadas y sin tomarle gusto pues si no se le viene a uno; y seguro castigo. Una vez se le vino a alguien y para qué quiso el pobre. Y el director nos dijo: "Pendejos que son ustedes, no quiero ver ni que me cuenten otra bayuncada de esas, téngalo en cuenta". Y qué se va hacer. Por lo demás, vivimos como príncipes.

Debemos estar bien alimentados, nos dice el gringo, para poder defender a la patria. A cambio de esos gustos, nosotros no podemos fallarle a esta gente. Uno tiene que estar dispuesto a defender la patria de los enemigos aun a costa de los propios hermanos. Y para qué decirle, aun de nuestra propio madre. Aunque le parezca exagerado, pues el mundo occidental está en peligro y nosotros sabemos que el peor peligro que tiene ese mundo occidental es eso que le llaman pueblo. El profesor nos pone a gritar: "¿Quién es el peor enemigo de nosotros?". Y nosotros contestamos a gritos: "El pueblo". Y así por el estilo: "¿Quién es el peor enemigo de la democracia?". Y respondemos todos: "El pueblo". Más fuerte, nos dice. Y gritamos con todo el galillo posible: "El pueblo – el pueblo – el pueblo – el pueblo". Esto se lo cuento a usted en confianza, por supuesto. A nosotros nos dicen los especiales.

Todo eso se lo van metiendo a uno. Y es verdad, pues si no fuera verdad no estuvieran gastando de gusto en nosotros, dándonos tanto lujo. Fíjese pues que hasta el queso es diferente, el queso que comemos es colorado por fuera y amarillo por dentro, parece una joya. Bueno, cuándo en mi puta y católica vida iba a soñar yo con esos bolados. No, esto no es con todos. Sólo con los especiales. Todos nuestros profesores son extranjeros, menos el director, pero él casi ni llega; sólo de vez en cuando, llega a preguntar cómo va nuestra disciplina, cómo va nuestra formación. Y debemos gritar todos: "Bien, por la patria, jefe." Esto se lo cuento en confianza, cuidadito se lo dice a nadie.

Y tenemos instructores de cosas que usted ni soñaría; por ejemplo, de artes; sí así se llama, artes marciales, eso lo enseña el chinito, hasta cómo se puede sacar un ojo con el dedo gordo. Y otra clase que se llama sicología, es decir, cómo se puede hacer sufrir a la gente a pura palabra; porque usted sabe que no siempre es necesario echar mano a la fuerza física, muchas veces hay gente que entiende a puras palabras. Esta ciencia de la sicología se combina con aparatos eléctricos.

Sólo siendo duros podemos salvar la democracia en peligro. Pero cuidadito se le sale una palabra, compadre porque ya sabe que lo que se dice bolo no vale. Y entonces yo diría que usted me invitó a unos tragos sólo para sacarme cosas. No, no tenga miedo y echémonos el del estribo. Yo lo invito ahora compadre, no se me levante. Ni se me esté durmiendo porque usted sabe que culo fondeado no tiene dueño.

Pues fíjese que el gringo dice que al pueblo le han envenenado el alma. Le han lavado el cerebro. Esto es algo científico, pero por estos lados por ser países atrasados no lo entendemos. No es que seamos majes sino que somos un país de analfabetas, como quien dice brutos; bueno, porque ya nacimos haraganes. Tuvimos la mala suerte de ser conquistados por españoles que eran nada más que grandes bebedores, mientras que allá arriba, en el norte, llegaron los ingleses que son grandes trabajadores. Además los ingleses acabaron con los indios mientras que los españoles no. Ese fue el gran error. Porque usted sabe, y no es por hablar mal de la raza de uno, pero los indios somos huevones, todo queremos que nos caiga del cielo. Somos muy conformistas, mire yo, pues, si no hubiera tenido el valor de irme a la ciudad estaría como usted, no es por ofenderlo compadre, pero estaría viviendo coyol quebrado coyol comido y además coyoles de mierda, pues esto que ustedes comen no puede llamarse comida; fíjese pues que por ejemplo en Estados Unidos el maíz sólo es para los chanchos y los caballos, y pensar que nosotros aquí nos conformamos con comer tortilla con sal.

Como le iba diciendo, es la pura mala suerte, fíjese pues hasta con eso de la religión nos ha salido mal todo. Mientras allá arriba, los Estados Unidos, les llegó Cristo verdadero con esas iglesias modernas que les llaman testigos de jehová y mormones, con pastores galanotes y chelones que lo mismo dicen la palabra de dios que manejan ciencias como la sicología y el karate, a nosotros los españoles nos traen la sífiles y la religión católica que está envenenada de puro comunismo. Claro, dicen, los españoles no anduvieron matando indios, al contrario, se acostaban con las indias y así salió nuestra raza, pero mire el colorcito; para qué decirle, si nosotros fuéramos a los Estados Unidos nos confunden con los negros y no podríamos entrar a los hoteles ni a los buses de blancos; es más lo tratan a uno peor que los negros pues dicen que estos por lo menos aunque el color los joda siempre son considerados norteamericanos, mientras que nosotros los latinos no somos ni chicha ni limona, con este colorcito culero. Preferible de una vez que hubiéramos sido indios o cheles, sin términos medios. Hay que definirse, compadre. Pero los españoles se cagaron en nosotros hasta en lo espiritual que le estaba contando, pues ahora resulta que los curas han salido peores que los civiles y ahí anda uno viendo como se les pone el freno, aunque sea quebrándose a los más abusivos. Ya vio lo que hicimos con esos que hemos tenido que deshacernos. Y lo peor es que uno queda mal, pues ahora viene el monseñor rojo y nos excomulga. Y como la ver-

dad no estamos seguros si existe o no existe el infierno, eso se
sabe hasta que uno estira los hules, pues a saber si estos cabrones a lo mejor no lo están mandando a uno a los peroles. No se
sabe, verdad. Aunque el gringo nos dice que la verdadera religión es la de Cristo, la de ellos; y que los curas la cagaron desde
que llegó un papa comunista que tuvieron que darle veneno a
través de la influencia que se tienen; y hasta poner un papa que
es anticomunista, dicen que es de los peores, pero aun así hay
que dudar, pues los católicos ya se aliaron con armagedón. Usted no me cree compadre porque quizás me lo tienen en la oscuridad, ya se lo ganaron los comunistas y los curas. Por eso
uno tiene que sacrificarse teniendo que malmatar a tanto hijueputa. Entre más pobres más hijos de puta. Y eso usted lo sabe
bien compadre. Antes todo esto era bien sanito, nadie andaba soliviantándose, ni se andaba hablando de cosas como salario mínimo; ¡por qué no piden de una vez el salario máximo y
se acaba tanta jodedera, de una sola vez compadre! Imagínese
ahora hasta queso se están pidiendo para la comida. Pero ya va
a venir armagedón a acabar con toda esta raza, si no es que ya
está entre nosotros salvándonos. Cuando en su puta y católica
vida habían comido queso, si hasta dolor de estómago le da a
uno cuando se come otra cosa que no sea tortillas, sal y frijoles. Pero como hay tanto hijo de puta en la tierra, vienen y nos
enganchan para exigir a los ricos algo que no está en sus alcan-
ces darnos. Mire compadre, no me esté encachimbando, si yo
me harto las cosas que le conté no es para que me lo reproche,
yo debo comer bien. Por eso no quería contarle nada. Lo mío
es por razones de trabajo y, además, yo pertenezco a los ejérci-
tos de dios, porque nosotros estamos salvando la civilización,
no con ideas malditas que vienen en libros sino con la práctica
diaria, usando los recursos de la nación más civilizada del mundo. A dios rogando y con el mazo dando. Mire compadre si

quiere nos echamos otro del estribo y ahora pago yo, para que no diga que me he vuelto malo. Lo que pasa que ustedes los civiles creen que nosotros somos brutos y que sólo manejamos armas, pero ya ve, tambíen tenemos nuestras ideas. Así nos aseguramos que nadie nos lave el cerebro.

Mire compadre, no se me achicopale, fíjese que yo he tomado el doble que usted y no se me ha subido, pero usted ya se le salió el angelito marica, no se me resienta. Ni se me enoje porque sólo va a tener el trabajo de contentarse. Una cervecita, nada más compadre, para que se nos asiente el guaro.

Usted cree compadre, mientras yo me sirvo los grandes tragos, usted se hace la vieja fresquera y sólo se echa una migajita nada más. Usted quiere que me ponga a verga para decir después que no le aguanté la botella, para andarme desprestigiando. Bueno, compadre, le prometo que ya no lo insulto y tómese la cervecita.

Pues fíjese compadre que a propósito de lavado de cerebro, le digo al gringo: pues mire yo creía que eso de lavar cerebro era con jabón de chancho y agua.

Y todos se tiran la carcajada. Menos el gringo que es una persona super seria. No anda bromeando con nadie.

Y me dice: Vos tenés razón, es como lavarlo con jabón, cualquier clase de jabón, no importa. Con eso que entiendan sobre el lavado de cerebro es suficiente, nos dice. Porque es un problema científico muy complicado, no es así nomás, compadre. Y en eso sí, nosotros, por ser de un país atrasado, somos unos ignorantes. Y ya no seguimos preguntando nada. Pero siguen las risas de mis compañeros. Entonces el gringo nos dice: ¡Cállense hijos de puta! Porque esa palabra viera qué bien la dice, es de las primeras que aprendió, nos dijo un día, pues pienso que la vamos a utilizar bastante. Esa vez no le entendimos, lo de utilizar bastante. Despuesito si lo entendimos ya que sólo nos trata de hijos de puta para arriba. Un día nos explicó que era parte de las normas de disciplina. Que debemos irnos acostumbrando y que nosotros también la supiéramos emplear cuando fuera necesario, y con naturalidad.

Porque mire, una vez que el gringo se encachimba, quién lo detiene, se desata en tormenta, y tormenta de mierda, no cualquier cosa, porque desde un principio nos dijo el director que el gringo tenía todas las autorizaciones, lo mismo que el chinito come aloz, incluso para darnos una patada en el culo cuando no entendiéramos las cosas. Para que vea que soy sincero le digo, pues, que así como nos damos gustazos, también existen esas cositas que al principio no se acostumbra tan fácilmente uno.

Con el gringo no se juega, compadre. Ni con el chinito. Ellos están para hacernos hombres y para comprender los problemas del comunismo en este país atrasado. Ya lo quisiera ver a usted, recibiendo una patada en el culo o un caratazo del chinito en la mera nuca. Porque si uno empieza medio a pispilear en las clases, a medio dormirse, olvídese, llega el chinita por detrás y ¡pao! viene el vergazo en la nuca. Para decirle que más de uno se ha ido directamente al hospital y no han regresado. Pero así es compadre, y usted que quería, peor es estar comiendo mierda aquí, pijeándose de sol a sol, por un salario que ni siquiera es el máximo para poder hartarse bien. Lo que pasa que ya usted nació para bruto compadre. Ni siquiera le han enseñado a vivo pues no estuviera diciéndome esas cosas. Y si se lo perdono es por su ignorancia. Pero que lo puedo mandar desde aquí amarrado no tenga duda que para eso estoy siguiendo los cursos de la especial.

Ni siquiera mi nana y mi tata, contimás un compadre.

Lo que pasa es que todos los civiles son una mierda,

compadre, y usted no se salva de eso. Le tienen envidia a nuestro uniforme, al hecho de haber ascendido uno en la vida.

Por eso cuando nos toca actuar no perdonamos a nadie. ¿Oyó compadre?

10 a.m.

Mejor me voy a estar soplando el fuego. A hacer el mate sólo para no ver a Pijiriche, para no oirlo. Ha estado quejándose entre las matas de guineo. Los ojos de las personas tienen un límite. El corazón también. Da lástima pero se lo tiene merecido. ¡A qué hora se le ocurre orinar! Y el lugar que escoge, pues.

"Está bien, voy a ir a traerte". Porque no ha querido salirse de entre las macoyas. "Se restriega el dolor en las hojas secas de guineo".

Al fin que me aparté de ese fogón infeliz. Y le digo compermiso a los hombres no vaya a ser el tuerce, pues aunque se esté en la casa de uno estos se toman el derecho de manejarla. En fin, para no andar provocando sin necesidad. Y para no ser malcriada, pues si bien es cierto que ni siquiera le dirigen la palabra a la gente, se les debe demostrar siempre buena educación. "Verdad, eso le pasa por andar de malcriado". Y mueve su colita.

Me vengo con el perro chineado. "Pobre mi perrito". Y el hombre todavía me pone la cara de piedra, ni que le hubiera caído una tormenta de miados en sus polainas hediondas. Ha sido mi compañía por más de cuatro años, cómo no vamos a estar encariñados con los animales, es el juguete de los cipotes. Es el guardián. El paño de lágrimas. La sombra que acompaña.

Y me voy a la puerta como sin querer. A la puerta de palo, para mirar si se asoma la Adolfina con los cipotes. Imagínense venir lidiando con tres criaturas. Y lo peor que al pequeño ni le gusta caminar. Casi no puede caminar aunque hace las cachas.

Y digo:

—Ya va aparecer por ahí.

Hablando con Pijiriche. Se lo digo a pedro para que lo entienda juan. La verdad es que ella se va a tardar bastante.

Y vuelvo a decir:

—Ya han de venir por la curva.

Y se hacen los desentendidos. Pues ellos esperan, esperan y esperan, tienen paciencia porque están bien seguros de su autoridad. Nada más quisiera aliviar la tensión. Así, cuando venga Adolfina todo va a pasar sin novedad. Ha de ser cualquier cosa que quieran averiguar. Como hoy ni se atina con tantas calamidades. Hasta las personas inocentes se ven metidas en líos. Adolfina es inocente. Todos somos inocentes. Los únicos culpables de las cosas malas que pasan son las autoridades. Ellas con su modo de ser. Su comportamiento. Si los únicos que van a la cárcel o salen heridos o aparecen muertos en los caminos son los pobres. Y eso porque las autoridades tienen una predilección, saben a quién molestar. Ellas están hechas para mandar a los pobres. Para ordenarle a los pobres, para golpear a los pobres y llevarlos amarrados como si fueran animales. Algún día se les va a terminar esa vida buena que llevan. Nada más les toca dar, dar. Nunca han recibido el menor daño. Por aquí es donde les viene el orgullo, una vez con los uniformes se creen los dioses del mundo y ellos mismos dicen que están dispuestos a todo. Así es. Para qué voy a negarlo. Yo sólo estoy dejándolos estar. Por lo ingrima que me encuentro. Pero no vayan a creer que no me duele esta tortura de verlos parados con sus cantimploras, sus machetes y sus automáticos. Si hasta a nuestros chuchos aguacateros quisieran hacer leña. Con esta gente no hay remedio, pero algún día las cosas van a cambiar. Y dice José que ese día no está lejano. Yo no sé muy bien estas cosas. Simpatizo, de eso no hay dudas. Simpatizo con la gente que anda metida en cosas para lograr nuestros derechos. Y a veces colaboro un poco, pues la verdad como José hace todo y yo me quedo con los cipotes. Me cuesta salir. Pero les digo, en lo que pueda ayudar. Dentro de mis posibilidades. Para eso estamos, defenderse uno mismo porque si no, no hay quien nos defienda. Cada quien debe velar por sus intereses. Desde ese punto de vista apoyo a los que pertenecen a la federación de campesinos.

—Si no viene rápido vamos a tener que ir a traerla.

Ya ni siquiera les explico nada, pues para qué si son unos brutos y no entienden que la cipota anda con tres pequeños y no es ninguna palomita para andar volando.

—Esperemos otro rato.

Hablan suave pero yo sé que quieren que les oiga, para meterme miedo. Lo único que les digo es si en todo caso yo podría serles útil, si se les ofrece algo especial. Mi nieta no vayan a creer es una vieja, sólo tiene catorce años, ocurre que es bien desarrollada, cuando le llegó la edad se estiró y echó caderas haciéndose una mujerona, el pelo largo, casi le llega a la rodilla y graciosa que es, tiene muchas cosas que le adornan.

Imagínense, como va a permitir uno ni siquiera que se piense en mal. Es nuestra sangre. La sangre de María Pía.

No se trata de ser cobarde, ni por asomo. Pero luego de tener tan fresquita la sangre de mi hijo, uno queda con sobresaltos en el corazón. Yo me dije: es por demás, a Justino lo perdí, él sabía las razones de su lucha, me hablaba de esas cosas quizás más de lo que puede decirme José al respecto; de manera me dije: a olvidar esta sangre de mi sangre, aunque se me hiciera nudo en la garganta, aunque me tragara las lágrimas. Pero yo no soy quien va a llorar; no le voy a dar gusto a nuestros enemigos de que me saquen ni la mínima gota de sal de mis ojos. Ellos la pagarán. Así me dije. Tarde o temprano. Ellos la pagarán. Así me dije. A ningún cristiano se le hace lo que esos asesinos hicieron con mi hijo. Y nadie que lo sea lo hace. Así me dije.

Con todo y eso, como no van a estar bajo este mismo techo sin aceptar mi hospitalidad y no me aceptaron el agua, les ofrecí algo que no se negarían aceptar: al agua dulce que José tiene guardada por allí, la chicha de piña. Quiero que se entretengan con algo.

—Bueno, si no quieren agüita quizás quieran una guacalada de chicha, no vayan a creer que es guaro de contrabando.

Y me da risa. Tonta que es una, nada más por enseñar los dientes. Prefiero que la esperen aquí. Ella va a regresar tarde.

—Es puro fresco y está sabroso.

Una que es tonta. Quizás en el fondo del espíritu pienso que se les podría ablandar el corazón. Pero dios me guarde en pensar estas cosas. Cuando se regala algo no debe hacerse por interés. En esto se debe ser íntegro. Debo tenerlos contentos para que no vayan a buscarla.

Y ellos dicen:

—Vaya pues, es cosa suya.

Los huacales llenos hasta rebalsar de chicha dulce.

Y estirando la mano como si mi ofrecimiento les fuera a quemar la mano. Cuando el sargento estira la mano, también la estira el raso. Con mucho temor. Desconfiada que es esta gente.

Yo sabía que a la chicha no se iban a negar. Es tan sabrosa.

—Bueno, pues, pase la chicha.

—Cuidadito se le cae en el uniforme porque se los rompe, está fuertecita. . .

"Vieja hipócrita, cree que nos va a comprar con esta mierdita", llevándose lentamente el guacal a la boca.

—Está rica esta babosada, vos.

—Así parece mi sargento.

Probala sin miedo que no te va a embolar, es pura piña.

Así la pasan alegres entre guacalada y guacalada de chicha. Se terminaron el cántaro. La chicha no embola pero es sabrosa. Aunque marea su poco.

Chepe Guardado me ha dicho siempre que se debe dar de beber al sediento. Lo primerito que se le ofrece a un visitante es el agua. Más aquí en Kilómetro y todo Chalate. Dan ganas de chulonearse de tanto calor que hace.

A veces por la tarde viene una brisa. Viene de Honduras. Como a las cuatro se pone a nortiar. Es el viento norte de Honduras. Sin embargo, entre las once, entrando las once, y las tres, esto es un horno del carajo.

Chepe me ha ofrecido un abanico de palma de coyol, es bueno para refrescarse y para soplar el fuego.

Por esta razón no cualquiera va a desperdiciar una guacalada de agua dulce, de siete días. Bien fermentadita. Más que todo, me he deshecho del refresco favorito de Chepe, para que se les olvide la cipota, que no se aburran de estar parados. Lo cierto que si ellos quisieran podrían ir a traerla, apenas está a un kilómetro; pero se ve que no quieren moverse de aquí.

Mucho mejor.

Por suerte que José no viene a almorzar, dios me libre de pensarlo. Ojalá que ni siquiera venga a dormir, como hizo anoche. Preferible se quede en el monte. Por mí, no necesito hombre en mi cama. Nada más para el friíto.

María Romelia

Dice mi mamá que la pobre Guadalupe sufrió mucho. No hace ni siquiera tres semanas. Se puso su tapado y el vestido medio luto de dominguear y agarró desbarajustada para donde le habían dicho. Que habían encontrado una persona muy herida, bien abajo y todos piensan que es Justino. "No puede ser mi hijo". "El está en Ilobasco trabajando". Y le vimos las lágrimas de una vez. O sea que la corazonada le decía que si era él. Pues lo cierto que ni siquiera se podía conocer por el rostro. "La gente piensa nada más; ojalá que no sea Justino, por algo lo han de decir, no sé por qué se me metió en el corazón la muerte posible de mi hijo". Era preferible engañarla y decirle que Justino estaba mal herido; pero ya se había regado la verdad, lo que habían hecho a Justino era algo terrible: su cuerpo fue encontrado por un lado y la cabeza por otro, clavada en un palo del camino.

*Y en la mañanita, cuando la gente va para el trabajo, co-
mo a las seis veían la pelota encaramada en el palo pues quien
iba a pensar que se trataba de un ser humano, ni por cerca tanta barbaridad.*

*Vimos cuando pasó una gente corriendo en dirección al
rancho de Guadalupe y les preguntamos qué pasaba y ellos nos
contaron y que cómo decirle a la niña Lupe para no golpearla
de una sola vez. Mi mamá les dijo tuvieran mucho cuidado, mejor hasta que se diera cuenta por sus ojos. Así el golpe no es
martillante. Y había que ir a avisarle a Chepe a la finca. Luego
Lupe dijo que ella sola iba a ver para no asustar a Chepe. "De-
jémolo trabajar tranquilo". "Me cuida a los niños comadre".
"Ya sabe comadre Lupe". Y allí la fueron acompañando los
mismos que habían venido a avisarle.*

Y dice la gente:

*—Fíjate qué cosa, yo estaba trabajando por ahí cerca y
me llamó la atención esa cosa en el palo, enganchada en el palo
y no le puse atención hasta después que una gente se paraba
como a ver. Y yo tenía varios minutos de estar viendo, llamán-
dome la atención pues como madrugo para trabajar y la oscuridad no me dejaba ver bien. No estaba tan oscuro porque ya había claror sin embargo no podía distinguir bien.*

*—Una gente vestida de civil había llegado a traerlo a su
casa. La esposa de Justino me contó. Ella estaba en el patio y
los hijos habían ido a dormir al monte con unos compañeros,
se los llevaron cargando en el lomo, porque están cipotes y se
cansan. Así se dio cuenta ella, sin que la vieran, pues como Justino desde semanas atrás estaba organizando a la gente de
Chalate que iban a ir al Banco. Se había venido de Ilobasco sólo para eso. Entonces la esposa creyó en que se trataba de alguna diligencia de la autoridad que no tenía importancia. Pero
por las dudas era preferible no dejarse ver. Además Justino la*

tenía preparada para un caso de esos. "Dejame a mí sólo, porque preferible a que los cipotes queden huérfanos sólo de su papá". Se escondió detrás de unas palmas de coco que precisamente habían llevado días antes para hacer un baño pues como por el camino pasa mucha gente se veían bien cuando se estaban bañando y no podían hacerlo con tranquilidad pues la gente es espiona y siempre tiene la tentación aunque no lo hagan por maldad de mirar pues aquí desde las cinco de la mañana ya está pasando gente para su trabajo. "Por eso es que no hice nada por Justino, y lueguito tuve que arrepentirme, si ni siquiera lo tuvieron tres minutos, cuando oí un pujido que me llegó hasta el alma. Un solo machetazo le dieron mire; mire como me lo dejaron lo único que yo tenía. Y ahora que va a ser de mí". De un tajo le quitaron la cabeza en lo que les dio la espalda. No lo mataron de frente. Por lo menos eso hubiera querido él, que siempre dio la cara por hacer el bien a los demás. Despuesito se oyeron los disparos.

— Tenía más de siete balazos.

— Y dicen que una bala de esas botan hasta una palmera.

— No era necesario tanto ensañamiento.

— Y dicen que cuando la niña Lupe llegó al camino donde estaba su hijo sólo cerró los ojos. . .

— Que no echó ninguna lágrima. . .

— Cualquiera podría decir que es dureza de corazón, pero uno que conoce a esa gente se da cuenta que no es así. . .

— Es una menera de darse valor para el resto de vida que queda. . .

— Sí porque los muertos dejan de sufrir pero los vivos seguimos en este valle de lágrimas.

— Nadie va a dudar de la Lupe ni de Chepe con lo mucho que han trabajado en la vida y nunca han hecho nada, nunca se han dado un lujo, sólo trabajar y trabajar.

—Es duro vivir del jornal.

—Y ni siquiera le rezó los nueve días. . .

—Nosotros no podemos meternos en el dolor ajeno.

—Ni el cura quiso intervenir.

—José fue a su trabajo como si nada y la Lupe se encerró por varios días.

—A veces yo fui donde la comadre a que me prestara los cipotes para entretenérselos, pero nunca quise tratarle el tema, para qué revivir la sangre.

—En estos casos ni siquiera se debe dar el pésame. . .

—Nada de acompañar en el dolor.

—Acompañar en la vida. . . eso es lo que debemos hacer.

—Para que estas cosas no ocurran más.

Todo lo que dice la gente es una manera de estar con la Lupe. Hoy por ti mañana por mí. El luto de Guadalupe lo hacemos nuestro.

La autoridad dejó de venir por un tiempo, dejaron de asomarse, pues como el que las debe las teme. Días sin acercarse.

Llegaban nada más al desvío, a tomarse su refresco en la tienda de don Sebastián.

Que si no había novedad. Ni que don Sebastián fuera de ellos. O quizás se lo decían sólo por hablar. "Si todo va bien", don Sebastián respondiéndoles. "Así se van más rápido". Dejan de joder tanto.

Ya hasta miedo le da a la gente honrada salir al desvío. Pues en el fondo nadie quiere problemas con la autoridad.

Si uno participa en cosas no es ni por asomo para tener problemas con las autoridades.

Un golpe de esos es difícil resistirlo.

Y dice la gente:

—Yo admiro a la Lupe. . .

10.30 a. m.

El chucho es mi hermano.

El chucho me cuida en las noches cuando me quedo sola con los cipotes. Y nada más hay la oscurana encima de uno.
El miedo de no amanecer el otro día. Nuestra reconfortación
es el chucho que ronca debajo de la carreta. Que de vez en
cuando husmea y comienza a ladrar a los cielos.

Son cincuenta siglos de chuchos desde cuando andaba
nuestro señor acompañado de gente pobre. Ahí iban queriéndo-
dole morder la túnica, jugando, caracoleando. Los chuchos del
señor.

El chucho es mi hijo, mi hermano, mi primo, mi tío, mis
abuelos, mis sobrinos, mis tíos abuelos y mis sobrinos-nietos,
bisnietos y tataranietos.

El chucho ladra para hacerse sentir y me habla cuando
tiene hambre, cuando tiene frío. El chucho es como los polli-

tos sólo que no le hacen canciones para cantar en la escuela.

Sin chucho no hay familia, es la verdad.

Cuando las ánimas andan sueltas es mejor amarrar al chucho a un palo de jocote o madrecacao porque si no se agarran a mordidas y el que lleva las de perder es el chucho. Si está amarrado, la cosa cambia porque entonces las ánimas creen que es un hermano de sufrimiento y no lo atacan. Tiene que ser en un jocote o en un madrecacao.

Pobrecito mi chucho aguacatero. Así le dicen porque sobreviven gracias a los aguacates caídos debajo de los palos en las fincas de café. Pero yo no lo dejo hambrear, siempre le tiro su tortilla especial. Pijiriche come tortilla con sal como cualquiera de nosotros, aunque de vez en cuando sale en busca de comer sus cositas por fuera y a lo mejor comerá aguacates. Yo no sé.

Ahí está con los ojos tristes, con los ojos llenos de lágrimas y hablándome en otro lenguaje que no entiendo. Me mira y me mira hasta que logro entenderle.

El vivo a señas y el chucho a palos, eso es nada más por decirlo pues a veces puede volverse al revés y el chucho atiende a señas y el vivo a palos.

El chucho es nuestro amo.

Chucho lindo, pelo suave, cabeza de huacal. ¿Quién me le pegó en las costillas? El guardia le pegó.

Chucho color café y ojos fosforecentes.

Los chuchos tienen mamá y papá, aunque a veces no reconocen ni nana ni tata. Pero me tenés a mí, porque vos no dejás que pase nada; estamos vivos por vos, porque mordés a nuestros enemigos, nos librás de nuestros enemigos acechantes y de todo mal.

Chucho cuto de la cola, moviendo el ñuñuco para espantarse las moscas imaginarias. Le quitamos la cola de un machetazo cuando apenas tenía siete días de nacido.

Chucho barcino, hijo de Tamagás y de la Gavilana, lo digo porque lo ví con mis propios ojos cuando estaban pegaditos y no se podían separar por más agua que les echábamos.

Los chuchos tienen algo de nosotros. Algo de dios.

Los chuchos también van a los infiernos o a los cielos según se lo merezcan. Tienen premios y castigos. Así ocurre con todos los animales amigos del hombre.

Chucho, vos me hacés sufrir con tus desesperaciones, cuando das vueltas y vueltas alrededor de tu cama para acostarte a descansar.

Los chuchos ladran a ia noche oscura.

¿Qué sexto sentido tienen los chuchos que huelen el peligro a la legua?

Guau-guau, le hacen como los niños recién nacidos.

A lo lejos ladran los perros y a nosotros nos va entrando miedo porque cerca anda rondineando la muerte.

Nosotros siempre hemos tenido dos chuchos uno que siempre sale corriendo y otro color barcino. El que sale corriendo se nos murió y no hemos querido sustituirlo.

Cuando el chucho tiene rabia no se le debe pegar un mechetazo, hay que amarrarle un lazo en el pescuezo y colgarlo en un palo de tempisque o de mango. Sufre menos y la rabia sale volando, no contamina a nadie.

Todos los chuchos que se nos han muerto los hemos enterrado, nunca los abandonamos para que se los coman los zopilotes; por si acaso tienen alma, no caemos en pecado.

Hay más chuchos que gente en el Kilómetro. Y en todo Chalate también.

Al chucho más flaco se le pegan con más facilidad las pulgas, porque las pulgas siempre han sido unas hijas de puta.

Chucho que ladra muerde, esto lo tengo bien comprobadito, lo que pasa es que en los momentos que está mordiendo deja de ladrar. Pues se pone a ladrar o a morder, una de dos.

Cuando el chucho ladra, tiene hambre.

Cuidado con el chucho que muerde callado.

Nunca ajotar a los chuchos porque es pecado. El chucho debe perseguir a quien él le dé la gana.

Mi marido, mis hijos, mis hermanos, mis tíos, mis primos, mis abuelos y mis tatas. Detrás, mi chucho.

Los chuchos no pegan la rabia. Es uno que la lleva adentro y que se le puede desatar cuando se junta la enemistad del chucho con la sangre del hombre.

Chuchos les decimos a nuestros peores enemigos, pero no se lo merecen pues el chucho es amigo del cristiano.

Adolfina

En un ratito me puse a pensar lo que les voy a decir. Yo me encontré a esa gente, en el camino. Ellos son. Con sus armas de combate, su uniforme amarillento, color de guerra. Yo me los encontré doblando apenas la curva, venían chupando caña, pelándola con sus machetes, hablando entre ellos, diciéndose cosas de risa porque se sonreían. Sonríen cuando creen que nadie los está viendo. Y como yo venía prestándole atención a los cipotes y además cargando al más chiquito a cucucho y diciendo: "Apúrate, niña, apúrate niño". Pero yo los ví chupando caña, caña de la dura.

Sin duda que se habrán metido a algún terreno a cortar. Yo los ví sonriendo. Reír es una debilidad para ellos y yo los cacé. En fin, me hice la disimulada, pues a mí qué me importa la vida de esos bandidos.

Mi mamá dice que yo soy demasiado rebelde: pero mi

papá siempre me ha dicho que a eso no se le debe llamar rebeldía sino conciencia. Yo no puedo tragar a esta gente que se dice autoridad. Por más que quiera y mi mamá que me dice que
ellos cumplen un deber, que por eso les pagan. Esto no es cierto. No les pagan por matar. Simplemente les pagan y cumplen
su deber. "Entonces su deber es matar?", le pregunto a mi papá.

"Más o menos", me contesta. "no le hablés esas cosas a
la cipota, Helio", dice mi mamá. Y luego: "Defienden el sistema y por eso matan". Y yo le digo que eso no es bueno. "Si yo
no te estoy diciendo que sea bueno", me responde.

Me dice: "Desde que yo tengo edad las autoridades han
sido así, primero disparan y después preguntan". "Fui comprendiendo entonces", sigue diciéndome. "No se trata sólo de
enojarse, de indignarse". Yo también voy entendiendo.

"Se debe llamar conciencia y no rebeldía", le dice a mi
mamá. A mi papá siempre le gustó estar en la organización, fue
de los primeros.

Es la única manera de defender nuestros intereses, agru-
pados vamos a ser más fuertes. Así me habla. Dice que yo le
nací inteligente a saber de dónde: "Porque yo, bruto no soy,
tampoco María Pía, pero tampoco hemos sido gran cosa, apenas pude pasar el quinto grado; tu mamá sí sacó la primaria".
Y me explica: "Por las pobrezas más que todo uno se aclara la
vida pero en todo caso nunca pude comprender un montón de
cosas".

Mi papá es bien franco. Ya viejo me avivé un poco. He
ido comprendiendo la vida, el origen de nuestras pobrezas. Por
eso te digo, me dice: "Lo tuyo no es rebeldía sino conciencia".

Yo quiero mucho a mi papá. Me hace mucha falta, tanto
que hablábamos. Yo siento que a él le gusta más hablar conmi-

go que con mi mamá, le gusta platicarme cosas, mientras que con mi mamá habla menos o habla de temas corrientes. Que las tortillas no quedaron gruesas, que eso de comer sólo frijoles y maíz nos hace tontos, pese a que de alimentar, alimentan, pero el cuerpo se cansa de estar recibiendo toda una vida tortillas y frijoles en el desayuno, tortillas y frijoles en el almuerzo, tortillas y frijoles en la cena, desde que uno pega el primer grito al salir del estómago de la madre hasta dar el último suspiro. Por eso yo me preocupé por darles cuajada cuando estaban pequeños, y si no había cuajada, pues veía donde conseguir requesón. Y me sigue diciendo:

"Y vos como eras tan glotona pues te atangallabas de requesón, no podías comer si no te ponían tu quesito fresco, ya fuera requesón o cuajada, vieras que no hay duda que por eso me has salido viva, porque eso de la inteligencia dicen que tiene que ver con la alimentación; vieras que yo creo en eso". Tan lindo que es mi tata. ¿Qué habrán hecho de él?

"Yo me conformaría con que sacaras por lo menos tu sexto grado", me dice. Y después de pensar continúa:

"Después veremos que se hace con vos, hay que aprovechar tus cualidades". "Tenemos que sacrificarnos por ella, María Pía", le dice a mi mamá. Estaba aquí con mi abuela Lupe cuando me avisaron: "A tu papá se lo llevaron, es mejor que no regresés a Ilobasco".

Me hace falta mucho, pero las autoridades no nos lo quieren entregar. Cómo no voy entonces a estar ofendida con esos bandidos!

Que él nunca ha estado aquí, le dicen a mi nana, que nosotros no sabemos nada, que un día de estos lo soltaron y quizás ya no quiere a mi mamá y se fue con otra mujer.

Todas esas barbaridades que dicen, para burlarse nada más. Y no es fácil hacerse oídos sordos.

Y a todas estas calamidades se agregan nuevas cosas. A saber cómo supieron que yo andaba por acá en Kilómetro. Por lo que me acaba de decir don Sebas: "Pues fíjate que raro Adolfina que hace poco estuvo la autoridad por aquí y me preguntaron por vos, yo les digo que sos nieta de Chepe Guardado, la cipota: por si acaso hay una equivocación". "Ojalá no haya metido las patas", le digo.

—Con ella es.

—Ella viene de vez en cuando donde la abuela Lupe, no es de este lugar, vive en Ilobasco.

"Yo lo que quería era defenderte", me dice don Sebas.

—¿Cuál es la casa de Lupe?

Y por ahí se fueron, te han de haber encontrado. "Sí, ahí iban chupando caña, pero ni caso me hicieron", le digo a don Sebas. No te conocen personalmente, pues preguntaban bien interesados si te conocía. "Mi abuela sola y de aquí que llegue con estos cipotes".

—¿Ella viene mucho por estos lados?

—Una vez al año, quizás, sargento.

—Vamos ir a su casa.

Y trato de explicarles, pues como ni sabía si andabas por acá. "Algunos domingos viene", les digo por hablar paja. Y más: "Pero no siempre".

—Por ahí nos vamos despacio.

Me voy a ir rápido, despácheme. A saber qué es. Y me le da un dulcito a cada uno de estos cipotes, de los de tres por cinco. "Ha de ser una cosa de rutina", me dice. "Tengo que pasar por las tortillas".

—Mi abuela Lupe está sola.

"Por suerte que no es con ella ni con Chepe y vos como sos cipota te tienen que respetar", me dice.

"A saber", le digo.

Pues con la autoridad nunca se puede estar segura.

En eso llega una vecinita a la tienda:

*"Que manda decir la niña Lupe que no se quede paja-
reando mucho en el camino porque la choricera ha preguntado
por vos".*

*"Y que dice que mucho cuidado con faltarles al respeto
porque no quisiera tener ninguna pena".*

*"¡Ah, mi abuela". Pienso. "Lo de mi tío Justino la tiene
nerviosa". Y eso que por consideración decidimos no contarle
lo de mi tata, que estaba preso.*

—*Y qué otra cosa te dijo, vos.*

—*Que le lleve unos tomates de arroz, para mañana pues
el de hoy le quedó blanco como de hospital.*

*"Ve qué muchachita para hacer tan bien los mandados".
Pienso.*

*"Por ahí abajo han dejado los yip, son dos yip, pero yo
vi que para donde la Lupe iba una pareja nada más". Me dice
don Sebas.*

Pienso:

"Quién no la debe no la teme".

Don Sebas me dice:

—*No me lo maguyés tanto porque si no me los tengo que
comer yo.*

—*Ah, don Sebas sólo porque los estoy tocando. Deme
diez centavos de esos más sazones, pues.*

—*Llevá sazones y maduritos pues a la Lupe siempre le
gustan los tomates pasados.*

—*Usted lo que quiere es que me lleve las malillas.*

—*Bien dice la Lupe que sos contumeriosa, muchachita.*

—*Uy, cómo se hace el don Sebas.*

—*Mire nomás ese rotulito.*

Miro el rótulo escrito en papel de empaque:

"Si no me compra no me manoseye".

—Pues eso no va conmigo don Sebas porque yo si le voy a comprar asi es que deme estos sazoncitos.

—Y apurate mamita para ver que desea esa gente.

—Bueno, yo no me voy a tropezar por gusto, más que ando con estos cipotes.

—Si yo es por la Lupe, ha de estar preocupada, vieras que todos nos preocupamos por ella, después de lo que Justino no es la misma.

En el fondo siento un brinco en el corazón. También está lo de mi tata, pero don Sebas no lo sabe. Que se haga la voluntad del Señor.

"Apúrense cipotes". Y me voy tirándole a las lagartijas que se asoman en los palos de tihuilote. "Si no se esconde le arranco la cabeza". Pero la lagartija se movió rápido engañándome con el cambio de color de rayadito a gris pálido. Me gusta cuando se les parte la cola y quedan las colitas dando saltos. Dicen que después regresan las lagartijas y se vuelven a pegar la cola con la misma saliva de ellas. Como los garrobos, por más que se les arranque la cola nunca se ve un garrobo sin cola.

"Tírale vos a esa", le digo a mi tio Benjamin. "Pensar que estos cipotes son mis tios". Y Moncho apenas tiene dos años. Mi tio Moncho. Mi tia Ester: cuatro. "Apúrense niños".

"Caminen tios". Pobrecitos.

Con el solazo que está haciendo. Váyanse para la sombra, se van a quemar los pies. Ya están acostumbrados a caminar en lo caliente.

La sombra de los palos de tihuilote.

"Caminen sobre el zacatillo".

A la misma hora las chicharras comienzan a chillar. "Dicen que lloran por Cristo". Mi abuela debe estar preocupada.

Las chicharras chillan porque el sol es fuerte. Es una ma-

126

nera de protestar por el verano. Se oye el concierto por todo el monte. La música de las chicharras. Como timbre de camioneta: Chiquirín-chiquirín. Por todos lados.

Si uno va a buscar las chicharras, están en las ramas de los tihuilotes, orinándose sobre la gente que se pone debajo de la sombra. Le digo a los cipotes que nos hagamos a la sombra la tierra está caliente. Aquí estamos bajo la miadera.

El llanto de las chicharras me ponen triste.

Quizás por la semana santa.

A toda la gente le pasa lo mismo. No se debe correr en semana santa porque se está pateando a Cristo. No se debe escupir porque se está escupiendo a Cristo. Ni siquiera se puede uno subir a los palos porque está ofendiendo a Cristo. Dicen que sólo los infieles escupen. Y si uno tira una piedra ya le está pegando la pedrada a Cristo, aunque sólo sea a una lagartija que se le pegue, verdaderamente a quien se le está pegando es a Cristo.

Son cosas que a uno le meten desde chiquito. Mi mamá no cree mucho en eso, pero mi abuela todavía cree en estas cosas. Toda la gente le da por creer. "Es la fe cristiana", dice mi abuela.

El canto de las cigarras es el anuncio de la semana santa. Por eso entra melancolía. A mí no. Un poquito nada más, porque son cosas de la gente. Aunque uno no quisiera. Se acepta como verdad. Todos lo aceptamos como verdad. Quien más quien menos.

Quizás ni tenga importancia.

"Tío Benjamín, pásese a la sombra". Es que me orinan las chicharras, me dice. "No importa, peor es que le vaya a dar un maldeorín".

Y se viene debajo de los tihuilotes.

"Lléveme chineando tía", me dice Moncho. En su manera de hablar lo dice. Tenga paciencia que ya vamos a llegar a la curva. Y comienza a llorar. "Tía Ester téngame los tomates, para chinear al niño". "Ya falta poco, yo les dije que no se vinieran todos". Desde la curva se ve la puerta de golpe de la casa. Por aquí compro las tortillas.

En verdad hace calor.

Tío Moncho ha dejado de llorar, pobrecito, caminó bastante para su edad.

Se durmió el bandido. Su cabecita en mi hombro. Su cabecita sudorosa como si estuviera enfermo.

Duérmase mi amor.

Entro a la casa de María Romelia. "Buenos días".

11.30 a. m.

Una nube revuelca al sol. Como chuchos y gatos las nubes y los rayos del sol. La polvareda es una humazón, no deja ver más allá. La pelea es ganada por el sol y todo se calma. Ahora entra un viento limpio, bañado con jabón de cuche. Un viento que dan ganas de respirarlo hasta terminárselo. *El viento es un niño juguetón me lleva el cuaderno me lleva el bolsón*, es la única canción que me aprendí en la escuela. Hice hasta segundo grado, medio aprendí a leer y escribir, pero nunca usé bolsón, pues sólo llevaba un cuaderno de a cinco y un lápiz. Aprendí a leer en la magnífica, entre oraciones a santa lucía, padresnuestros, yo pecador y el credo, a puro chilillazo aprendía uno a leer en mi época; mientras no se memorizaba la lección no se salía de la escuela y no sólo eso sino que lo ponían hincado a leer. El castigo más común era estar hincado o con las manos arriba, imitando al *ánima sola*. La enseñanza era severa pero se aprendía. Lo que pasa es que a uno se le va olvidando todo, pues como no se ve la necesidad de leer, se va haciendo burro poco a poco.

El sargento se rasca la pierna. Digo yo que es sargento por un boladito rojo ahí. Alguna pulga que le tiro Pijiriche en venganza. Quizás ha dejado su pensamiento en el pueblo, porque él ha de venir de algún pueblo igual al nuestro, o a lo mejor un poco más grande. Se mete el dedo gordo, la uña del dedo gordo con fuerza, aprieta la tela gruesa del uniforme color caca de buey. Sólo falta que comience a desesperarse, a echarse bandos él mismo. Y cuando la autoridad se insulta a sí misma es señal de tormenta próxima, uno es el pagadero. Siempre ha sido así. Por eso dice la gente: a las autoridades hay que tenerlas contentas siempre. Y ahí va una gallinita, aquí están estos huevitos, estos guineítos, este tarro de maíz. Así es la vida.

Lo veo por el cancel de varas. A los dos. Sólo uno de ellos es el de la pulga, el sargento. Se mueve para recostarse en el horcón del rancho. Sigue metiéndose la uña del dedo gordo en la tela gruesa y no logra rascarse. "Alguna pulga puta de ese chucho jiotoso".

El otro guardia bosteza, acurrucado, haciendo rayitas con un palito y luego mira hacia algún lugar; yo miro también. Es un zompopo con una hojita verde en el lomo. El raso levanta al zompopo por la hoja. No suelta la hoja. Se lo lleva hasta los ojos. "Zompopo loco, tienen fuerza estos hijos de puta". Y lo aplasta con los dedos. La hojita verde se desprende y cae como volando, como si no quisiera caer. Y salgo otra vez al fogón. Por ahí ha de estar llegando Adolfinita, me dan ganas de salir a encontrarla, pero para qué, se van a oponer y mejor no gasto saliva de balde.

Digo. A nadie; solamente digo:

—Vida más aburrida, ¿verdad?

El sargento me mira. Quizás se habían olvidado de mí. Un silencio de chuchos furiosos. Me está dando miedo tanta soledad. Siquiera viniera una visita en estos momentos. No sé lo que ocurriría. Pero vendrían a salvarme. Si apareciera la comadre por lo menos. Pero no. Para qué desearle el mal al prójimo que nada las debe. Hay que respetar el silencio de las autoridades.

Y digo a nadie:

—Ya no vinieron estos cipotes.

De nuevo se inicia la pelea de chuchos y gatos entre el sol y las nubes. Sería un alivio que ganaran las nubes para que los cipotes no vengan quemándose los pies. Y se hace la sombra. Sopla el viento otra vez. Fresco viento como el agua de los cántaros. Tiemblo, como si tuviera frío. Aquí es un milagro que haga frío a esta hora. Le llamamos la hora del diablo pues sólo él se atreve a salir a tomar el sol. El diablo se acuesta chulón en una piedra para quemarse más de lo quemado que está.

—Uno debe estar dispuesto a todo.

—. . .

—Vieras que esta vieja puta ya me está poniendo nervioso.

—. . .

— O quizás sea ese chucho aguacatero, con gusto le zamparía un balazo si no fuera por el escándalo.

"Ellos están hechos para eso Lupe, defienden un sistema". Si no fuera por José ya me hubiera muerto. "Tenés que comprenderlo y ya vas a ver cómo los problemas se resuelven de otra manera, no por la reacción de una persona, que esto a mí me gusta y esto no, que son unos malditos, no Lupe, no son malditos; ni siquiera son hijos de puta, son como cualquiera de nosotros, sólo que están en el bando enemigo, ellos mismos están en el bando de sus propios enemigos, vos no vas a ver a nin-

131

guna de estas autoridades que sean dueños de una finca, o de una casa de dos pisos o de un carro de lujo, ellos apenas andan en un yip que es un instrumento de trabajo, como el machete para nosotros; no los vas a ver con una mudada de lujo, no; cuando andan de civiles se ven humildes como nosotros, ni siquiera se les conoce, se transforman en otra gente, en lo que son; cuando van a ver a sus hijos y a su mamá y su papá; no es ningún invento mío ni de otras personas, esto es más claro que la luz del sol". Así me dice.

Sin José estaríamos perdidos. "Por eso los problemas no tienen solución por la respuesta de una sola persona, sino por la respuesta de todos nosotros, los humildes. Los claros. Esto es muy importante: podés ser humilde y vivir en la oscuridad. La cosa, pues, no consiste en ser o no ser humilde. El problema está en la conciencia de cada uno. La conciencia que tengamos. Entonces la vida se hace como el agua clara de los ríos". Qué sería de mí sin José.

"No deben olvidar que este uniforme se defiende hasta la muerte, la vida de nosotros se explica por este fusil, somos poderosos y nos temen en cuanto lo agarramos como hombres y lo sabemos disparar cuando lo creemos necesario, mientras no nos tiemble la mano, estamos salvados". La pulga puta ha seguido picándome.

—Por ahí como que viene la cipota, vos.

—Así parece. . .

—Parate, pues, no seás huevón.

Pijiriche sale corriendo. Alegre. Su colita de culebra masacuata, moviéndose contenta.

Yo feliz porque se han quedado tranquilos: el uno rascándose la pulga, y el otro sigue mirando los zompopos. Esta muchachita se ha tardado tanto que anantes los hombres no la han ido a buscar. Y lo peor es que sin duda no ha entrado todavía donde la comadre, a comprar las tortillas.

O sea que esta gente se va a poner inaguantable cuando ya no la sientan venir. Nada más les ví el alegrón cuando espiando por el cerco vieron venir a alguien. "Ahí como que viene la cipota, vos". Y en estos momentos ha de estar entrando donde mi comadre. "Buenos días". Y a lo mejor le toca esperar bastante. Bueno, esta gente podría decirme a mí que se les ofrece y yo los despacho rápido; pero se han puesto misteriosos con la cipota. Es lo que me preocupa.

—¿Qué se habrá hecho la cipota, vos?

—A lo mejor se nos fue.

—Yo ví que venían por ahí, por la curva.

—Vieras que ya me estoy aburriendo.

Y no me toca más que hacerme la loca. Si quieren hablar con ella, pues que la esperen. No puede pasarle nada a una cipota.

Ellos

Pues miren que todas estas mujeres son unas putas. Ser mujer es haber nacido puta, mientras que los hombres se dividen en dos clases: los maricones, y nosotros los machos, los que vestimos este uniforme: y de entre los machos habría que escoger los más, más machos: los de la especial, los que hemos pasado las escuelas con los chinitos karatecas y los cheles sicólogos. Los que comemos puré de papa para ser fuertes. Nosotros no podemos ser complacientes con nuestros enemigos, debemos ser férreos, decididos; no somos como los nicas que sólo saben matar pero que no guardan compostura ante los civiles, comen con ellos, se dejan invitar por los civiles, eso es una falta de respeto para sí mismo; ser campechano es una mariconería; tampoco somos como los catrachos que admiten en sus filas a cualquiera de la chusma y por esta razón siempre se está hablando allí de división entre las filas, de nacionalismos. Nosotros somos distintos, somos compactos. Unidos hasta la muerte y no le andamos dando ninguna confianza a los civiles, dios nos libre, porque el guanaco si se le da la mano se toma el codo; si vos te reís con él ya cree que sos puta o culero. Por tal motivo no se puede andar con medias tintas con el civil. Se duerme uno y, como los camarones, se lo lleva la corriente. Además hay otra cosa, el guanaco tiene predilección por el comunismo, desde mil novecientos treinta y dos.

Entonces cómo vamos a ser nacionalistas; si el nacionalismo dice que todos somos iguales. Y la verdad que nosotros no somos iguales a la demás gente, eso no puede existir aquí, pues ¿cómo vamos a ser iguales a los civiles que tienen grandes inclinaciones por el comunismo? Nosotros preferimos lo extranjero porque lo extranjero no viene a joder, casi siempre viene a hacer el bien. Mientras que el guanaco, con sólo ser guanaco, se considera con derecho a cagarse en uno. Así es que nosotros no le damos agua; y si hay que matar, matamos al guanaco, porque el guanaco tiene una gran característica: ser un hijuelagranputa. No es que yo me quiera cagar en mi raza, sino que es la verdad y por la verdad murió cristo. El día que los civiles guanacos logren llegar a la presidencia de la república, olvidense, nos cuelgan de los huevos a todos nosotros. Y esto no es necesario que lo recalque mucho el gringo de los especiales, nosotros lo sabemos. Porque lo importante, nos dice el gringo, no es que ustedes estén aquí por la paga, o por la buena comida que se les dé, sino por convicción, ustedes son los soldados de dios, los salvadores de este país maldito que tanto amor le tiene al comunismo.

Que el treinta y dos, los comunistas ni siquiera habían triunfado y ya estaban violando a la gente, a los ricos, pues el odio de este pueblo es con los ricos; nacimos con la envidia adentro, no podemos ver ojos contentos en cara ajena porque

ya estamos viendo como nos cagamos en el prójimo. Y nosotros estamos precisamente para evitar las envidias, exterminarla a punta de bala, decisión y firmeza. Estamos preparándonos
más y más, porque el comunismo ya viene. Nuestros profesores
extranjeros no nos dejan solos ni un minuto. Dicen que están
dispuestos a morir con nosotros por la libertad y la democracia; terminar con todo vestigio de nacionalismo. Yo estoy de
acuerdo en todo: a la raza hay que exterminarla con fuego. Todas estas miasmas van a terminar cuando seamos todos en cristo, abrecemos a cristo, derrotemos a los curas comunistas. No
vayan a creer, nosotros tenemos clase de religión, pero de la
verdadera, de la otra, la que viene de arriba, nos dejan escoger
entre los santos de los últimos días, los mormones o los testigos de jehová, estas religiones traen la luz y la esperanza para la
felicidad eterna del hombre.

Entonces, nosotros no podemos andar respetando esas
cosas de hermanos, tíos, primos y hasta los tatas. Si ellos se
ponen en la oscuridad, es cosa de ellos, cada quien hace de su
culo un tambor. Allá si cometen pendejadas. Y si quieren balas
pues que se pongan tontos porque las van a recibir a montones.
No podemos andar con contemplaciones ni mucho menos con
sentimentalismos.

Y las mujeres, entre más viejas son, más putas. Es la verdad. Todo está claro, porque algunos lo dudan, especialmente
por las nanas, pero el gringo aclara: es decir aquellas que en un
momentos dado se oponen o son un obstáculo para la seguridad del país. O sea que hay sus excepciones pero son pocas.
Por ejemplo yo creo que mi mamá no es puta ni lo va a ser
nunca pues yo le voy a ayudar para que no se incline al campo
enemigo. Los profesores nos dicen: ustedes tienen que ayudar
para que sus familias vean la luz. Claro, uno no va andar perdiendo el tiempo con la gente, pues por ser familias de uno,

eso no quiera decir que no sean brutos. Yo mismo tengo unos primos que andan por allí metiéndose en babosadas. Yo ya les previne, indirectamente, para no meterme en problemas con mis tatas, pues la verdad que ellos todavía están en lo oscuro, aunque yo no se lo voy a decir a los instructores, pues no entenderían. No es por miedo.

Pero por ejemplo mis hermanas, son otra cosa. Ellas, como todas las mujeres, desde chiquitas andan buscando marido, ya a los quince años quieren acompañarse. Por eso hay tanta miseria en este país, porque como las mujeres son putas no se andan esperando mucho para tener hijos. O sea que las mujeres son las más culpables de que exista tanta miseria, fíjense, somos más de cinco millones en un espacio chiquitío y así quieren que se repartan las tierras, imagínense, cuánto le tocaría a cada uno. Apenas un pedazo para pararse, para poner los pies. No digo que son brutos. Ni siquiera para la tumba alcanza. Porque lo cierto que si se va a repartir la tierra hay que ser justos y le debe tocar igual pedazo a cada quien, si no mejor que se dejen de andar hablando mierdas.

Y las hermanas de uno, cuando los hombres se han aburrido de ellas, ahí están regresando donde los tatas para que se hagan cargo de los hijos que les han pegado. No les digo, si son unas putas redomadas. Por eso es que cuando aquí haya un poco de tranquilidad, es decir, cuando no haya tanto agitador porque los hemos exterminado a todos, no es que se va a terminar nuestro trabajo sino que va a ser de otra clase: por ejemplo hacer campañas demográficas para que puedan evitarse los hijos. Esa será nuestra misión futura. La patria va a ser grande cuando sólo tenga los hijos necesarios que la amen y la respeten y mueran por ella.

También con la religión habrá mucho trabajo para nosotros, convencer a la gente para que abrace a cristo. Todo hay que terminarlo de raíz. Porque en el año de mil novecientos noventa que venga a la tierra, tal como está anunciado, nada más nos vamos a salvar los que estamos en cristo. Porque él va a venir a castigar a todos, menos a los suyos. Todos van a morir achicharrados por el fuego. Menos nosotros los Testigos de Jehová.

Es más, posiblemente se adelante. Cambie la fecha de su venida. A sí es que nuestra misión tiene que ser lo más rápido posible, por eso es que debemos actuar con audacia, decisión y firmeza.

Nada de contemplaciones. Que porque vos sos mi amigo o mi compadre, o mi hermano. Son pendejadas. Estamos o no estamos. Lo demás vale verga.

En realidad tan bruto no soy. La clase que más me gusta es la de sicología; en karate soy un poco flojo. Pero ahí vamos.

A mí me salvó que hice el sexto grado y tenía grandes habilidades en ciencias sociales, fui escogido entonces para los especiales.

Así es como he subido. Mi familia es pobre. Lo que pasa que mis hermanos no pudieron estudiar, prefirieron el trabajo al estudio, ya desde los siete años se iban con mi papá a cortar café, algodón y cacao. Esa es la edad límite: o se va a la escuela o al trabajo. Yo comencé a trabajar a los siete años, pero luego me mandaron a la escuela y la profe dijo que yo prometía y que me mandaran aunque fuera relanceado. A duras penas saqué el sexto. Pero mírenme. Aquí estoy. Nadie va a arrebatarme lo que tanto me ha costado.

Y luego que me fui a San Salvador hasta alcanzar el éxito. Bueno, mis hermanas también se vinieron para San Salvador, pero como se cargaron de hijos, se los fueron a tirar a mis tatas y regresaron, pero imagínense cómo. Es más, dicen que dos de ellas las han visto por la Avenida Independencia, que es donde viven las mujeres malas. Que venden su cuerpo, pues. Antes me avergonzaba un poco decirlo; ahora ya no porque el profesor gringo que además es pastor, guía religioso y karateca nos ha dicho que eso es lo bueno de la democracia: que cada quien puede hacer lo que quiera, hay libertad individual.

Hay sus injusticias, pues. Debemos ser honrados en reconocerlo. Pero la democracia es así. Lo de ser iguales todos, es una paja. El mundo ha progresado precisamente porque no somos iguales. Imagínense, ¿cómo voy a ser yo igual al chinito? El es karateca, yo no soy. Cómo va ser mi hermana igual a esas muchachas que montan a caballo en las competencias hípicas. Sería una idiotez. Dios nos hizo iguales a todos pero cada quien con sus diferencias.

Yo me recuerdo cuando iba con toda mi familia a cortar algodón. Hasta la más chiquita llevábamos, que tenía siete años. Con el sombrero para el sol y la bolsa de comidita y trapos para dormir. Todos a cortar mientras el caporal nos tomaba los nombres. Los chiquitos no éramos apuntados pues apuntarse quiere decir tener derecho a tortillas y frijoles y no nos iban a dar a todos, sólo a los grandes. Pero nosotros llevábamos nuestra sal, para poder llenarnos con tortilla con sal. Y agua. Llevábamos agua en los tecomates.

Y nadie se murió de hambre. Bueno, dos hermanos míos murieron pero fue por descuido de mi mamá. Al comenzarles la diarrea se atuvo y murieron desmoyerados.

Casi todos los niños del campo mueren desmoyerados. Quizás por nuestra propia ignorancia nos hacemos los atenidos y vamos a la botica cuando ya es demasiado tarde. Y como no hay doctores.

Pero, que son putas lo son.

Y el instructor nos dice: "Ese uniforme deben respetarlo".

"Deben respetarlo aun cuando estén acostados con una mujer". Y entonces sale un vivo y le dice al gringo:

"Es que cuando se esta acostado con una mujer no se tiene uniforme ni nada". Y para qué quiso más. ¡Faltarle el respeto al pastor!. Risas suavecitas de todos. Entonces el gringo agarró un borrador, que tiene la base de palo, y se lo tiro en la cara al vivo. Tremendo tetuntazo en el ojo. Y a la enfermeria. Como Testigo de Jehová es bueno pero como instructor militar no anda con medias tintas.

O sea que no sólo es de soplar y hacer botellas. Este uniforme es mi vida. Me ha costado sudar sangre.

Fíjese pues, que otro día, alguien se tiró un pedo sonoro. Cuando estábamos acostados. Estalló la risa. Los oidos tísicos del gringo, que estaba escribiendo al otro lado de la cuadra, oyeron el dichoso pedo o la risa. Todos callados cuando el gringo abrió la puerta y nos entró la luz. No dijo nada y se fue para afuera, al jardín. Porque la cuadra nuestra es como una galera, no tiene paredes, sólo techo, para que nos acostumbremos al medio ambiente. Pues adivinen lo que estaba haciendo: conectó una manguera al chorro y para qué quisimos más, nos bañó a todos. Esa noche no pudimos dormir porque el frío que hace y las sábanas mojadas y las colchonetas nos helaban hasta la caca que no habíamos echado.

Nos dijo:

"Eso por andar de tontos". Ya ve, pues, lo que le digo.

El cerote. Aunque yo lo respeto mucho, como guía espiritual. Y eso que no digo lo del entrenamiento porque es un secreto.

O sea que este uniforme que me ve cargar con orgullo, no es cosa chiche, no es comida de trompudos.

Después andan diciendo falsas calumnias, que no nos cuesta ganarnos la vida, que sólo perseguimos a la gente. Lo que no saben ni mierda lo dicen. O los enemigos de la patria. Porque el que sea honrado no va andar hablando cosas que ignora.

11.45 a.m.

No sé por qué me estoy acordando de vos. A lo mejor me estás acompañando como me habías prometido cuando estabas chiquito. Mejor que no vinieras pues podrías morir dos veces. Aunque no hayas muerto ni una vez. Mejor. Peor en fin, si querés venir vení. Porque desde hace mucho tiempo vos sos mi san antonito, mi magnífica, mi piedra de rayo, todas las cosas en las que uno creyó en la vida.

Hasta que vos apareciste.

Y encontraste a tu papá dispuesto. A tu mamá menos dispuesta pero que en todo caso entiende por donde anda la cosa. Donde esté José y Justino, mi hijo, allí estaré.

Donde muere el hijo de uno también se está ahí. Por eso yo estuve en el camino de polvo. Yo sentí que no hiciste un solo gesto al ver cómo te llegaba el machetazo en el cuello.

Yo te estaba mirando. Que ni siquiera fruncías la cara. Sabías que todos estábamos mirándote. No nos iba a dar un mal ejemplo. Y si no resististe fue porque te tomaron de sorpresa, cuando en la penumbra del amanecer te alistabas para salir de la casa.

Y si ahora yo les ofrecí un guacalito de agua o de agua dulce, lo hice porque dar de beber al sediento es lo más sagrado en la vida. No se le puede negar ni al malvado por ser malvado. No hay una gota de hipocresía o servilismo en mis ofrecimientos. Se trata de ofrecer las cosas que ni el mismo dios le negaría al diablo. Vos has de comprender, Justino. Nadie está entregando aquí su corazón a los malvados y asesinos. Vos también actuarías igual y no por cobardía, ni por traición o entreguismo.

Cuando me muera, me dijiste una vez, te voy a venir a jalar las canillas, me voy aparecer, no de sorpresa pues no me gustaría asustarte, no; con un saludo frente a frente: "Buenos días, mamá", y con eso suficiente. O sea que no me ibas a jalar las canillas.

Pero nunca veniste abiertamente. Sólo tu sombra.

Hasta ahora que siento tu cuerpo. Como si anduviera tu respiración por los rincones del rancho. Llenás la casa con tu olor a bálsamo.

El aire fresco lo has traído vos.

El canto del zensontle, de las guacalchías y las tortolitas, ha venido con vos. Como si anduvieras en pinganilla por la casa.

Así es que vos pertenecés a la organización, so hijueputa. ¿Por qué no viene ahora a defenderte, donde está la valentía de tu organización, así es que vos sos el que vas a enterrar a los finqueros? Decinos de dónde sacaste la pistola. Decinos cerote quien te la dio aunque de todas maneras te vamos a

matar. Si nos decís lo vamos a hacer rápido pero si te soste-
nés en no decir una palabra lo vamos a hacer lentamente,
para que sufrás. Decile a tu federación de campesinos que te
venga a salvar. Ya ves que con la autoridad no se juega, los
vamos a matar a todos; porque con el capital que nos da de
comer a todos no se juega.

Y como vos no les decías nada, no soportaron mucho tu silencio. En el fondo te cagaste en ellos, porque hubieran querido hacerte sufrir, torturarte lentamente. Pero no se aguantaron, pues el silencio es la peor ofensa para ellos. Algo imperdonable para ellos. La peor ofensa es que no se les tenga miedo, que no se les responda cuando golpean con sus culatas. Los enemigos del pueblo.

Entonces apareció el machete. El único camino de ustedes está manchado de sangre. Para ustedes no existe la vida sólo la muerte. Y cuando andan por ahí jodiendo a la gente huelen a muerto, andan el olor a ciprés por dentro.

Caminan con un cementerio de cruces en la espalda y no se dan cuenta, un terror permanente que lo convierten en agresión.

Pero así con todo, yo les ofrezco un guacalito de agua.

Un sorbo de chicha de piña. Ustedes no lo deben considerar un acto de bondad, ni de conmiseración. Es simplemente un acto de humanidad.

Cuando revivan de esa muerte cotidiana se van a dar cuenta, ya van a ver. Y a lo mejor podrán reír con nosotros. Acompañarnos a comer un pedazo de tortilla con sal. Nos vamos a dirigir palabras cariñosas y bonitas. El único requisito es revivir.

Ustedes deben vivir.

Esto les digo también, Justino, para que vos lo oigás. Porque yo sé que estás aquí, pero como sos bayunco no querés aparecerte. No decís nada como si te hubieran comido la lengua los pericos. Porque yo sé: todos los días venís por estos lados, tomás tu guacalada de agua y te vas despacito para no asustarme. Nada más venís a vernos cómo estamos. A decir "hola que tal", sin decirlo directamente. Yo lo sé.

Yo lo sé porque dejo regueros de ceniza cerca del cántaro mientras ando en el patio o mientras duermo y ahí encuentro tus huellas, de tus pies descalzos, pues para hacer el menor ruido posible te quitás los zapatos. Yo conozco el dibujo de tus pies. Y también conozco tu olor a trabajo, que es como el olor del bálsamo. Nada más tu sombra. Es suficiente para agradecerte la preocupación por nosotros. Tus "hola que tal" silencioso y tu cuerpo invisible. No te miramos pero te presentimos, Justino. Eso basta.

11.50 a.m.

A mi me gusta recordar. Es la voz de la conciencia que les decía. "Es que vos venís abriendo la boca". Me decía mi mamá cuando venía con ella y me daba un tropezón. O cuando estaba repasando la cartilla y ella me la explicaba: "Mi papá me ama. Amo a mi papá. Pa-pe-pi-po-pu". La guayaba del perú, cuántos años tienes tú. "Pepe ama a su mamá". "Pepe-pipe-papa-popa-pupa". Tin marindo dos pingué cúcara mácara títere fue, ya mestoy poniendo chango y más chango me pondré.

Y me voy para la calle a cazar mariposas.

A mí no me gustaba ir a la escuela porque era muy lejos, más de una legua, prefería ayudarle a mi mamá a hacer tortillas. "Tiene que aprender a leer", me decía. O prefería acompañarla a cortar café, a una finca cercana de por aquí.

147

Con unas grandes charras y la verdad que en la corta de café no se asolea uno.

Para mí, que sólo tenía siete años era bien pesado, pero lo prefería a estar repitiendo "mi perro se llama Fido" o "Fido trae la pelota a tu amo" o "Fido-tufo-faro-foca-fumo". Fo-fo-fo-fó quién se pedó, fofofofó quién se pedó; con sólo llenarse los dedos de saliva y poner el nombre de los posibles pedorros se sabía quién había sido el culpable: el dedo que se secara primero.

Mañana más linda para ir al río. "Que si me da permiso para ir con unas amiguitas a bañarme al río". Cómo va a creer, muchachita puñetera, no ve que las hembritas no andan saliendo solas, riata le voy a dar por andar de abusiva. "Maruca tiene una muñeca". "Zape gato malo, vete a tu casa". Los libros siempre estaban escritos diferente a como uno habla.

Terminé por no ir a la escuela. Y mi mamá: que era malo vivir en la ignorancia porque así lo engañaban más fácil a uno, era más víctima de los vivos. "Ques eso de andar tanto con el tata". Porque yo quería mucho a mi papá, era bien pegado a él. Porque la profesora era muy brava, que si llovía mucho me podía arrastrar la correntada y llevarme al mar. Y como eso era cierto. En tiempos de lluvia era peligroso, especialmente que se tenía que pasar por una quebrada, por donde son peligrosas las correntadas.

"Bueno, usted sabe lo que hace". Me decía mi mamá.

Y a buen seis de la mañana ya estaba con mi papá dándole vueltas al torno para enrollar las pitas. Pues de eso vivía mi papá: compraba el mezcal y hacía pitas que iba a vender al pueblo, a una coheterría, que le compraba a buen precio la pita. Mi papá se iba de reculada mientras yo le daba vuelta al torno y la pita se iba enrollando, se iba haciendo larga hasta que lo veía chiquito a él pues se alejaba más de dos cuadras haciendo la pita. Si hasta me había hecho bien musculosa de los brazos y tenía una gran fuerza para levantar los matates de maíz. Mi mamá se quedaban admirada de mi fuerza.

"A vos por andar con tu tata te toca hacer trabajo de burro, en vez de ayudarme a mí a desgranar maíz". O a palmear las tortillas o a lavar los trapitos o hacer los frijoles y el maíz.

Cómo me gustaba llegar, cansada, sudorosa, contenta de hacer lo que me gustaba. Mi papá con los bollos de pita en la espalda parecía un palo de cocos, con los cocos en el lomo. Y yo con la rueda del torno. "Espéreme, papá". Me ganaba el pan desde pequeña, pues. "Apúrese niña que ya van a ser las doce". Yo detrás de él, mirando que no había sombra, pues esa es la señal de las doce, cuando uno no puede verse la sombra pues el sol está directamente encima de uno, lo más alto del cielo.

Más grandecita nos íbamos todos a la costa, a cortar algodón. Siempre me gustó abrir la boca ante las cosas. Por ejemplo frente al mar, verlo caer del cielo, ver venir los grandes toros blancos encima de uno, mirar el horizonte desde la playa, mirar el resplandor subiendo. Mi profesora decía que el agua del mar se va para arriba, en forma de fumarolas o vapor de agua. Y luego esa misma agua cae a través de la lluvia. Todas estas cosas pensaba mientras andaba cortando algodón, cubierta con mi charra y luego le decía a mi papá que bajáramos a la playa para buscar caracolitos. Y a él le gustaba para ir a sacar jaibas o cangrejos. Y otras veces íbamos a sacar curiles que los vendíamos a la gente que pasaba en carro a las playas.

O sea que el agua sube al cielo a través de ríos invisibles y por eso es que caen grandes cantaradas de lluvia en invierno. Hay tormentas fuertes que hasta traen sapos y culebras. Antes yo creía que eso no era posible pero si se toma en cuenta que el agua sube desde la tierra, sí podría ser posible. Pasábamos dos meses en la costa. Y a veces tres. Grandes fiestas cuando regresábamos, rezándole a la virgen del perpetuo socorro, por habernos protegido y dejarnos regresar sanos y tranquilos.

El mismo día de llegada nos íbamos a bañar al río. A estarse toda la mañana. Miraba los caballitos de mar pegándole paraditas al agua del río que casi se oye cuando le hace chucumblún, al sacar los gusanitos de zancudo que andan nadando por encima. Y nosotros con chilillos para matar los caballitos de mar. Y mi mamá diciendo "ques pecado". Que dejemos el chirrión. Y cuidadito se tocan los ojos después de tocar un caballito de mar porque amanecen con los ojos pegados, así nos gritaba mientras lavaba y nos vigilaba que no nos acercaramos a la poza pues había remolino que nos podía chupar para adentro.

Y hacía frío. Nos secábamos en el sol. Por esa fumarola que sube al cielo se van los niños cuando se mueren, no es que los ángeles puedan volar porque tengan alas, sino porque pueden flotar en la atmósfera que está llena de cosas sólidas, una de ellas son los ríos invisibles. Los angelitos no existen. Sólo el cuerpo se engusana. Los niños no sufren cuando se mueren. Cuando están agonizando sí. Y cuando dan el último suspiro, ahí nómás se separa el cuerpo de la materia. Estas creencias quizás van a existir siempre, pues la esperanza queda viva, aunque se muera alguien que uno quiera mucho. Quizás el espíritu sea el recuerdo que se mete en la cabeza. Porque por más que pase el tiempo, uno no puede olvidar a sus seres queridos. El dicho que dice el muerto al hoyo y el vivo al bollo, no cuenta en la práctica. Todos sufrimos una eternidad cuando alguien desaparece. Y más si es el hijo de uno. La sangre de uno. Hay un desgarre, tironazos que se siente, se parte el corazón.

Sólo uno de madre puede saber ese desgarre. Nadie olvida su dolor, eso es mentira. Se entierra por ahí en el recuerdo y queda permanente en uno.

Yo soy una enamorada del vapor de agua, tomando en cuenta que es el río por donde navegan los espíritus, por donde andan flotando los ángeles que fueron hijos. Mi papá me decía que se debe creer en estas cosas, pues sólo así tiene sentido la vida.

Y por andar pensando mucho era que mi mamá me decía boca abierta.

Luego, Chepe me abrió los ojos, que esas cosas no existían. Yo le creo a él todo, pues siempre tiene la razón; sin embargo, hay una lucecita en uno que le dice ni creer, ni dejar de creer.

Hasta que alguien nos aclare bien estas cosas.

De mi papá no se diga: creía en el duende, el cipitío, la siguanaba, el cadejos. Y no era sólo por creer sino que le habían salido más de una vez. Como era un poco pícaro, le salían estas cosas a manera de castigo. El me contaba cuando íbamos a enrollar pita o cuando estábamos desgranando maíz. Quizás era por asustarnos. A veces ni podía dormir pensando en la siguanaba. Me la figuraba tal como mi papá la describía. O como me lo contó Chepe, no se imaginan lo chistoso.

No sé por qué nosotros tenemos que vivir de esos temores. La lucecita de esperanza que está encendida en uno, quizás.

Lo desconocido impulsa siempre a buscar la verdad.

Por ahí ha de andar la cosa.

Esos misterios hacen vivir y también la materia: arroz, a veces, cuando hay. Maíz, para hacer tortillas. Sal para que la comida no quede insípida, y para acompañar la tortilla en las horas de pobreza que no alcanza para el conqué. Y por último la esperanza. Los pobres no podemos vivir sin tomar en cuenta todas estas cosas por igual. Ni más ni menos. Pensamos más de la cuenta en la esperanza. Como la luz del candil, es. No podríamos ver en la oscuridad. Despuesito es que José comenzó a decirme: la esperanza mantiene al tonto. Yo nunca le he creído. Entiendo hacia dónde va, pero no le tomo al pie de la letra sus palabras. La esperanza también nos alimenta. No la esperanza del tonto. La otra. La esperanza de uno, cuando se está claro. La conciencia.

Recuerdo las idas al río. Recoger sapitos en las manos y matar caballitos de río para meterlos en un bote de vidrio transparente. Uno piensa más de la cuenta. Pensar es bonito. Como tenemos la mente limpia, el pensamiento se nos viene más claro, a grandes chorros. Especialmente si me quedo sola con los cipotes. Si Adolfina viene, pienso menos, quizás porque la miro más. En eso se me va el tiempo. En verla. Es el vivo retrato de mi hija, María Pía. Se parece mucho a la mamá.

Adolfina conversa en la Catedral

Este día nos fuimos a meter en la catedral de San Salva-
dor. La cosa comenzó a raíz de la muerte de mi tío Justino
Guardado, pocos días después de la manifestación al Banco.
Camino a Ilobasco donde tenía su ranchito. Una noche llega-
ron a su casa cuatro miembros de la autoridad civil, de esos
que andan armados, fue sacado a garrotazos y decapitado, sa-
caron a su mujer y a sus hijos y luego le prendieron fuego a su
rancho. Mi tío Justino.

Se lo llevaron a saber para donde. Otro día fue encon-
trado su cadáver, golpeado y descabezado. La cabeza engan-
chada en un palo de jiote, de los que sirven de lindero de las
casas. La otra parte de su cuerpo estaba tirado en un zan-
jón ahí cerca.

Todo el pueblo se indignó, sin hallar qué hacer, pues
queríamos a Justino y él no se merecía una muerte así, era tra-
bajador y buen hijo, era uno de los sostenes de su familia,
y de mi abuela Lupe. Siempre le ayudó en sus cositas.

Pero los cuatro que se lo llevaron eran conocidos del cantón. Entonces se reunieron los hombres del cantón.

"Justino jamás se ha manchado las manos de sangre. Era un hombre bueno".

"Justino nada más ayudó a organizar la protesta al Banco, para pedir rebaja de semillas y abonos. Nada más eso".

"Entonces qué vamos a hacer en memoria del compañero".

Y se organizó una comisión una que fuera a sacar a los asesinos. Armados de garrotes y machetes se fueron los hombres. Casa por casa.

Y a fuerza de planazos con el corvo los sacamos uno por uno. Ahí estaban los cuatro temblando como gallinas culecas.

"Pero nosotros no somos asesinos", decían los hombres, nuestros compas.

Y los obligaron a cavar la tumba de Justino. Allí mismo donde lo habían asesinado.

Y que se hincaran y le pidieran perdón al muerto.

Y que le rezaran un Credo. En medio del sol. A pleno sol rezando, mientras nosotros los rodeábamos con los machetes listos.

"Nosotros somos la autoridad civil", decían.

"Ustedes son las autoridades asesinas", decían nuestros compañeros.

Y que cada uno de los cuatro le echara por lo menos una palada de tierra para darle una satisfacción al muerto. Después del entierro los dejaron ir.

"Más que todo por temor a Dios y porque nosotros no somos asesinos". Los perdonamos.

Justino estaba vengado y la muerte ya estaba saldada. Justino era mi tío, hijo de mama Lupe.

Nunca nos imaginamos la pena que íbamos a pasar por haber tocado la autoridad civil.

Cuando los jefes se dieron cuenta de lo sucedido salieron camionadas de guardias y en cuenta un helicóptero y un avión. La carnicería fue brutal: hubo muchos muertos, ranchos incendiados, mujeres violadas, cipotes golpeados. Hasta los animales pagaron el pato. Agarraban a las gallinas y a los chanchos a escopetazos. Los bueyes y los caballos fueron pasados a cuchillo. Algunos hombres pudieron escapar al monte, junto con sus mujeres y sus hijos. Por montes y veredas anduvimos.

Cinco días después fuimos apareciendo en el cantón, cuando no aguantábamos el hambre y nuestros hermanitos no aguantaban el cuerpo de tanta picazón de los zancudos y los animales nocturnos. Fueron cateadas las casas de siete cantones. Desde Ilobasco hasta Chalate alcanzó la represión del gobierno.

Fueron incendiados casi todos los ranchos del cantón donde se había vengado la muerte de Justino.

Todo esto no salía en los diarios. Nunca dicen nada a favor de los pobres. Nadie podía trabajar en esta situación.

Fue así como se hizo la toma de la catedral. Vinieron a invitarnos un grupo de estudiantes y maestros.

Y como ya estábamos organizados, pues allá nos fuimos, ciento veinte campesinos, más un grupo de maestros y estudiantes.

Tal vez así dirían algo los diarios sobre nuestra situación.

El día acordado fuimos llegando todos a misa.

Como a las diez de la mañana, cuando se terminó la misa, nos fuimos haciendo del ojo pacho, nos quedamos sentados en las bancas. Hasta que al poco rato alguien dijo: "A cerrar las puertas".

Entonces el cura que se había quedado arreglando los

vasos santos, vino y nos dijo "que están haciendo ustedes".
Y que "es mejor que salgan". Nosotros le dijimos que no nos
íbamos a mover de allí; que íbamos a estar algún tiempo y
que nos prestara las llaves de los candados que cierran los pasadores de la iglesia.

Y como el cura no quiso prestar el llavero, pues ya estábamos preparados con una lima, cortamos las argollas que
cierran por dentro la iglesia y cerramos de inmediato, dejando
abierta solamente el portón principal. Dos estudiantes y tres
maestros quedaron como porteros, explicando a la gente que
llegaba por bautizos o confirmas que ese día estaban suspen-
didos los oficios por tales y tales motivos. Y que si querían entrar a decir sus oraciones que lo hicieran pronto, a menos que
quisieran acuerparnos en la protesta por los atropellos en los
cantones de Chalatenango.

La gente nos oía, se santiguaban y salían patas para que
te quiero. Al mediodía todos estábamos encerrados, menos
los porteros. Ellos tenían medio abierto el portón principal
y desde allí decían un discurso con un micrófono. Era un mitin para que lo oyeran los mirones que se estaban agrupando
en la calle.

Y nosotros adentro, listos a cerrar en caso de emergencia, porque la catedral estaba rodeada de policías y uno que
otro carro-patrulla. Comenzamos a recibir ayuda del pueblo:
especialmente de las señoras de los mercados: en víveres, ropa,
aspirinas y alcohol. Y en medio de todo esto se colaron unas
mantas con leyendas que fueron colocadas en la parte de afuera
de la catedral.

Como a la hora, a la una de la tarde, llegó un cura vestido de morado y trató de convencernos para que saliéramos:
"Oigan este es el peor lugar que pudieron haber elegido, mejor
váyanse, no hay necesidad de exponerse, nosotros sabemos que

el motivo de estar aquí es grande pero no hay que sumar más con ustedes todo lo que ha sucedido". Así nos dice. "Yo soy el encargado de este santo lugar".

Monseñor, habla uno de los estudiantes, hasta entonces conozco un monseñor, confiamos que usted y todos los cristianos no permitan que nos pase nada.

Y nos dice el monseñor: "Bueno yo les advierto, pueden quedarse si quieren, lo único que espero es el respeto a todas las cosas de aquí adentro, son cosas sagradas".

Y le dice uno de nosotros: "Monseñor usted pierda cuidado, somos gente honrada y como puede ver nuestra protesta es pacífica, nadie aquí tiene ni siquiera su machete".

Y dice monseñor: "Sí, pero ya veo que son capaces de todo, ya me rompieron los candados de los pasadores de las puertas".

Y le decimos: "Sí, monseñor, pero es que el cura no nos quiso prestar las llaves y nosotros lo hicimos por seguridad, para poder cerrar la puerta".

Monseñor estaba que echaba chispas de bravo, pero trataba de no demostrarlo, a cada rato se jalaba la sotana parecía que la iba a romper. "Mire monseñor, nosotros no tenemos la culpa", le dijo un profesor.

Y dijo monseñor: "Ustedes se olvidan que este es el lugar más sagrado del catolicismo salvadoreño".

Y yo le digo, a saber cómo se me salió, porque para hablarle a un monseñor no estoy acostumbrada, ni siquiera para hablarle a un sacristán. Le digo: "Por eso estamos aquí, monseñor". De vez en cuando se ilumina la mente. "Sí, por eso mismo estamos aquí", dijeron casi todos.

De pronto apareció otro cura, mejor vestido, "linda mudada", dije en mis adentros. Alguien murmuró: "Es el arzobispo". "A saber cómo entró". Y todos diciendo mientras se *acercaba: "El arzobispo". "Monseñor Romero", dijo alguien.*

Entonces comenzamos a aplaudir. Porque habíamos oído hablar de él, que nos defiende. Y como no esperaba esta salida, de nosotros, se puso a reír. Le dijo al otro monseñor que estaba bien, que permitiera que nos quedáramos y esperaba no resentir sobre las cosas sagradas que había en la iglesia. Quizás le asustaba tanta gente, pues nos dijo, "son bastantes ustedes".

Y habla uno de los organizadores: "Somos ciento treinta, señor arzobispo, ciento veinte vienen de Chalatenango, son campesinos y diez somos de acá".

Y nos dijo que el problema lo conocía todo, que ese día se iba a reunir con los de arriba para que solucionaran el problema lo más pronto posible.

Se llevaron entonces al que había hablado, al organizador, para enseñarles la iglesia y los lugares seguros donde se meterían en caso de emergencia.

Después de esto, se fueron. El organizador nos reunió entonces para decirnos que en caso de necesidad él nos iba a orientar hacia el lugar que le habían enseñado los curas.

A las 3 de la tarde fue el almuerzo-cena, por cierto muy abundante pues la trajeron de un comedor y del mercado. En bolsas plásticas nos llegó la comida. Nunca había comido tan rico. Para que no se arruinara la comimos toda. Comida de otro mundo.

Al rato regresó monseñor Romero para escoger a las personas que iban a cocinar, pues nos dijo que sólo esas dos personas podían entrar a su cocina sagrada. Y nos explicó: a esta cocina sólo han entrado mis parientes y mi cocinera. "Muchas gracias, monseñor". Dijo alguien. Y como tenía ojos de venado, pues eligió a las únicas dos maestras que había en el grupo. Entonces las maestras dijeron que necesitaban una ayudanta. Fui escogida yo. "Bueno, pues", dijo monseñor. "Ya saben, mucho cuidado". "Ta bien, padre", dije yo, de metida, como si la cosa fuera conmigo.

Luego se escogió a los encargados de aseo y seguridad.

Ese día no sentí el tiempo. Nada más pensé en mi papá y mi mamá. En mi abuelo Chepe.

Y pensé también en la abuela Lupe. Y mis tres hermanos: tengo uno de año y medio, otra, hembra, de 7 años y uno grande de diez.

En mi papá no pensé tanto, es la verdad, pues el está desaparecido, que es como estar muerto, y yo tengo por principio no pensar en los muertos porque da mucha tristeza y la tristeza lo desinfla a uno.

Mi papá se llama Helio Hernández.

Era el sostén de la familia. Ahora soy yo.

Pasamos muchas pobrezas en la casa.

Pero mejor no pienso en eso porque de nada sirve.

La cocinita era pequeña, de gas, de esas que cuesta encender porque es peligroso que estallen. Que le hace plof, cuando se le acerca el fósforo. Para que alcanzara a darle de comer a todos teníamos que comenzar a cocinar a las seis de la mañana y terminábamos a las diez. El almuerzo se hacía de once a tres. Teníamos platos plásticos de los que se botan. Pero nosotros no los botábamos. Los lavábamos. Las cocineras no teníamos tiempo ni de rascarnos la nariz.

Estuvimos ocho días en la catedral. En ese tiempo casi nadie pudo bañarse. Sólo las cocineras, porque allí en la cocina había un bañito donde nos echábamos agua y nos enjabonábamos con el jabón de lavar los trastes.

Desde el primer día se tomaron medidas de seguridad. Al servicio sanitario se salía de dos en dos a lo más. En la noche se dormía en grupos: uno se llamaba grupo A y el otro B. Con los zapatos puestos ya que en una emergencia no se podía correr sin zapatos.

La primera prueba la tuvimos una noche cuando oímos el grito de "grupo A, grupo B", nos despertamos y levantamos sobresaltados porque resulta que los vigilantes vieron venir un grupo de policías corriendo hacia la entrada principal. Fue simplemente una alarma porque lo único que hicieron fue quitar las mantas con leyendas que se habían colocado en el frente de catedral.

Desde esa hora nadie durmió y el responsable llamó la atención a quienes se quitaron los zapatos y a los dormilones que no se despertaron al grito de grupos A y B. Nos dijo que eran las tres de la mañana. Yo, por ejemplo; me levanté por último, hasta que todos estaban formados en sus grupos. Se regañó a los que se habían dormido en las bancas enfrente de una puerta. Y se les hizo la observación del peligro en caso de una ráfaga de metralla. Desde ese día se durmió en el suelo o bancas pero todos juntos, o en grupo, y en lugar protegido por una pared. De día, para no aburrirnos, alguien daba una plática sobre los derechos o se enseñaban canciones. Dos días después volvió a entrar monseñor Romero y como nos encontró como Pedro por su casa, y a nadie en acto piadoso, nos dijo: "Bueno, veo que nadie se acuerda del lugar sagrado en que se encuentra".

Y dijimos a una voz: "Comonó, monseñor". Y nos dijo: "Vamos a ver, ¿cuántos de ustedes han rezado?".

Todos levantamos la mano. Por poco me tiro una carcajada delante de él, pues lo cierto es que nadie se había acordado que era católico o creyente, y mucho menos de rezar, porque no estábamos para eso. Con los problemas que teníamos.

Y monseñor muy serio nos dijo: "No me engañen, ustedes levantan la mano por costumbre, no porque así sea".

El responsable entonces, muy serio, le dijo: "Monseñor, aunque usted no lo crea todos aquí somos creyentes y seguimos los mandamientos de dios, eso sí, que si en un dado caso nos 'tocan' tendremos obligadamente que defendernos."

El arzobispo mejor cambió de tema: "¿Qué les parece la comidita? ¿Les está sirviendo la cocina? ¿Duermen bien?". Y luego cambiando de plática nos dice: "Por la radio dicen que lo que ustedes piden ya se solucionó, por lo tanto si quieren irse pueden hacerlo tranquilamente, porque hay órdenes de respetarles la vida, nadie será perseguido si salen de aquí".

Y el responsable le responde: "Muchas gracias monseñor por la noticia que nos trae pero nosotros no nos movemos mientras no recibamos órdenes de nuestros dirigentes, porque usted nos garantiza nuestra vida aquí, pero no al irnos a nuestros hogares en el campo, además en los cantones permanecen todavía los guardias y mientras ellos no los desalojen nosotros no nos vamos".

Monseñor prefirió despedirse y nos dijo que otro día volvería a las nueve de la mañana para darnos una misa.

Ya para el cuarto día los víveres escaseaban, apenas alcanzaría para un pan o una galleta por persona. En las reuniones se decía: "Tengan cuidado esos tres gorditos porque aquí nadie parecerá de hambre con ustedes".

Y ellos decían: "No sean malitos compañeros, ¿serían capaces de comernos asados?".

Y yo, como ayudante de cocina que era les decía: "Sí, compañeros, mejor se cuidan". Todos gozábamos con las tonteras que decíamos.

El responsable nos dijo: "Tengan paciencia pues si la comida se terminó, ya se están haciendo gestiones para hacerla llegar por medio de la cruz roja".

Y como la cruz roja no apareció, otro día se dijo que

era necesario salir de compras, pero se necesitaba gente lista pues el peligro era mucho, tanto al salir como al entrar, podían ser apresados. Era necesario tomar taxis para apresurar las compras y disminuir el peligro de captura.

Se ofrecieron dos cipotas, una como de catorce años y otra de dieciséis. Salieron por la puerta de atrás, por el lado del convento. Eran las diez de la mañana. Al dar las cuatro de la tarde estábamos preocupados porque no regresaban, creíamos que quizás las habían capturado. O quizás tuvieron miedo y se quedaron afuera, desertaron. "No, esas cipotas tienen agallas, lo que pasa es que como está muy custodiaba la iglesia no han podido colarse", dijo el responsable.

Así fue porque al rato las vieron pasar en taxi los porteros, los vigilantes; dieron como cuatro vueltas y luego desaparecieron. Lo que pasaba era que nadie podía acercarse a pie debido a los policías que estaban atentos a quien se acercara a la iglesia; pero las cipotas habían dado varias vueltas para conocer el terreno y vieron que los víveres podían meterlos por el lado de la iglesia que todavía estaba en construcción, pues por ese lado no se notaba vigilancia de la autoridad. Las cipotas les dieron las bolsas de víveres a los albañiles y les dijeron que las pasaran que al otro lado las iban a recoger la gente que estaba cercada en la iglesia. "Métannos estas bolsas, por favor", les dijeron a los trabajadores.

Ya sin las bolsas, las cipotas se fueron por el lado del convento y a saber cómo hicieron para convencer a los policías de la esquina, pues las dejaron pasar. El convento está detrás de la catedral en la misma manzana. Como en la puerta del convento había un policía las cipotas se fueron a platicar con él, y cuando vieron que se abrió la puerta para dar entrada a unos visitantes del cura estuvieron listas y pegaron el salto para adentro. Dejaron al policía con la palabra en la boca. La llegada fue recibida con aplausos. Y nos contaron lo que habían pasado en su viaje de compras. Nos dijeron que consiguiéramos unos lazos para meter la comida por una ventanita que daba al sector en construcción y que comunica con el dormitorio y cocina de monseñor. Se llamó a dos expertos en escalar, de esos que se suben a los palos de coco, pues la tal ventana está como a quince metros de altura. Como a la media hora ya estaban los víveres en nuestro poder. Eran las cinco de la tarde.

A esa hora nos preparamos una buena comida, pues en el almuerzo sólo nos había tocado la mitad de una galleta a cada uno.

Al otro día recibimos suficientes víveres por parte de la cruz roja, aunque no era un regalo sino que era un envío que nos hacían las señoras de los mercados y nuestra organización.

En todo estábamos bien menos en disciplina, pues estar encerrados nos molestaba, más a los campesinos acostumbrados al aire libre. Los únicos que no se aburrían eran los porteros que ya estaban roncos de tanto gritar por los aparatos del sonido, los micrófonos. Fuera de ellos, nadie veía la calle.

Era prohibido asomarse a las ventanas o puertas, sólo mirábamos las cuatro paredes. Tal vez por eso era que a cada rato se pedía permiso para ir al excusado, pues sólo así se podía caminar bastante ya que para llegar al servicio sanitario había que subir y bajar escalones por pasillos oscuros hasta llegar a otra sala donde se oficia n misas también, y duermen dos o tres seminaristas y tres o cuatro parientes o amigos del Monseñor encargado de la Catedral, que son todos jóvenes estudiantes y empleados. No alcanzaron o no quisieron salir. Respecto a este monseñor todos llegamos a pensar que corría igual peligro que nosotros y que en el fondo no se había portado mal, especialmente que los viejitos cuidan más el pellejo, y él estaba enfermo de diabetes, así nos dijo a las cocineras, además se sentía preso, no había querido salir y además, como era el jefe de la catedral nos convenía que estuviera en sus habitaciones. Uno de esos días le dijo a la cocinera profesora: "Vaya, a usted la va a premiar Dios, pues no tiene necesidad de estar encerrada aquí y está haciendo algo por el prójimo". Y luego dijo: "Esta es la segunda vez que caigo preso por los campesinos; pero a- hora no tengo fuerza suficiente para estar encerrado tantos días en la iglesia", Ahí fue cuando habló de sus diabetes. Y la compa profesora le dijo que no se sintiera preso, pues estaba haciendo compañía para una labor justa. El solamente se puso a reir y siguió con sus oraciones, con un collarcito de cuenteci- tas en la mano que se llama rosario.

Había cosas divertidas, por ejemplo las caídas, debido a lo oscuro de los corredorcitos y porque había muchas graditas que subir y bajar.

Y al boca-abierta le iba mal, siempre había alguno que salía destrompado.

Una vez, varios compas se quedaron sin tomar café por- que no alcanzó, pues el encargado de llevarlo se desnarizó en las gradas. Cuando pasamos por el lugar de las caídas vimos el café en el suelo. En verdad no eran tan oscuro, lo que pasaba era que en ese lugar la grada se confundía con el color de los ladrillos de arriba y de abajo y al no fijarse parecía que era pla- no, entonces el boca-abierta se iba para adelante, o bien se tro- pezaba.

Enfermos del estómago hubo pocos. Primero porque se comía reducido. Segundo porque todo era bien cocinado. Y é- ramos muy aseadas.

Sólo una vez tuvimos un descuido al confundir un cum- bo de miar con los cumbos de la cocina, tal que al echarle el café caliente para ser trasladado, se sintió el tufo y se botó. Ya no volvimos a usar cumbos por las cochinas dudas de otra confusión.

Un día de tanto se recibieron tres bolsas de carne congelada, pescado y pollo, las personas que las hicieron llegar por medio de los albañiles del otro lado, fueron capturadas. Ese día se recibió una llamada por teléfono en el convento. Todavía estábamos cocinando como a las ocho de la noche, haciendo sopa de frijoles cuando la cocinera de monseñor recibió la llamada y le dijeron: "Mañana salen de allí". Nada más. La señora nos dijo: "Acabo de oir una voz bien fea que me dijo que mañana salen de aquí y no se sabe si por las buenas o por las malas. Cuídense". Nosotros le dijimos: "Muchas gracias y por favor nos baja los frijoles porque vamos ir a dar la noticia".

Para entrar donde estaban todos había una puerta que sólo las cocineras podíamos pasar cuantas veces quisiéramos, aunque por seguridad no abusábamos. Desde afuera tocábamos dos veces para que nos abrieran y nos dieran el pase los vigilantes, por allí había una hendidura que permitía ver a la calle aunque nosotros nunca lo hacíamos por razones de disciplina y porque era peligroso, siempre pasábamos lo más rápido posible. Entonces si decidimos ver por la hendidura y notamos que había poca vigilancia, los radio-patrullas habían desaparecido y sólo quedaba uno. Los policías eran contados.

Cuando llegamos vimos que casi todos los compas estaban alrededor de un radito y que casi no se oía. Fuimos donde el responsable y le comunicamos lo que nos había dicho la cocinera de monseñor.

Nos dijo que no se lo dijéramos a nadie para no hacerse ilusiones si es que era un engaño. Y que él también se había fijado de la escasa vigilancia de la policía, por eso habían puesto el radito en las noticias de las diez de la noche. Allí mismo oímos que otro día, a las doce sería desalojada la catedral, por medio de la cruz roja.

Como creíamos que ya no había peligro, cuando regresamos a la cocina decidimos subir a la azotea y vimos un gran incendio, como de una manzana de casas, allá a lo lejos. Me sentí alegre, no por el incendio sino porque ya íbamos a salir y pues a lo mejor se había solucionado todo en nuestras casas, en los cantones.

Y así fue, otro día llegaron los buses de la cruz roja. Desde entonces yo duermo en el monte. A mi papá no lo vemos porque está desaparecido desde que lo capturaron los guardias. Mi mamá allí sigue, la pobre, sufriendo pues mis hermanos todavía están pequeños: El de diez años ya va a trabajar y ayuda económicamente a la casa. Yo también.

La preocupación existe, aunque uno esté seguro que tantos daños no pueden ser eternos. Nosotros estamos poniendo lo necesario para que no sea eterno. Por algunos días se suspenderán las persecusiones en nuestro pueblo y cantones. Y de nuevo volverán. Ellos vuelven. Pero cada vez nos encontrarán más fuertes para responder. Con todo y las desesperaciones de nuestras madres, hermanas y abuelos, esto que hemos hecho los campesinos, nos resucita.

Todo salió bien. Mientras estoy regresando a Ilobasco.

12 m.

Cuu-cuu, suena la tortolita en el palo de maculís. La tortolita color canela y su ribete blanco en las alas. Cuuu-cuuu, alargando cada vez más las ues, como un llanto de niño. La tortolita es la paloma triste. La paloma solitaria y mansa. Canta para decir que ya son las doce y la gallina no se coce. Cuuu-cuuu y vuela con un ruidito de plumas hacia la rama de tamarindo. "Ya el sol está en lo alto". Esa misma tortolita la estará oyendo Adolfina que vendrá acercándose a la curva. Metiéndosele el polvo caliente en las chancletas. Y los cipotes caminando sobre la punta de los pies. Abriendo la boca y tirándole a las salamanquesas.

Por ahí vendrán, por el camino de lagartijas, tihuilotes y maculises y tórtolas que anuncia la hora del almuerzo.

Por ahí vendrán alborotando los pájaros, que ya tienen hambre, porque también los pájaros comen a las doce como cualquier cristiano.

No quedó tiempo de palmear, siempre caen bien las tortillitas calientes con sal. "A la pasada traés tortillas", lo dije, quizás por eso se ha tardado tanto, esperando que las echen. En el fondo amanecí haragana. "Decile a la comadre que me eche tres tortillas gorditas y chiquitas para los cipotes". "Vaya pues". Me dice.

Y también despierta el guardabarranca con su silbido de clarín de cuartel, entre las hojas de chilamate, comiendo chilamates maduros. Fuili-fuiiii, dice el guardabarranca o pitoreal, echadito en el musgo húmedo de las barrancas, bebiendo agua de los charcos con olominas. Mirándose en los espejos del charquito.

Y la tortolita le responde al pitorreal.

Y la chiltota cara de zunza. Cantando como gatitos tiernos en los chiribiscos altos de la ceiba. Y el zensontle cantador de rancheras enamorando a la zensontla y quien lo calla al bandido, tirándole besitos amarillos de zunsapote. Por ese camino de cantos viene Adolfina, vienen Benjamín, Ester y Moncho.

—Hoy sí apareció la cipota, vos

—Andate para la puerta de golpe, yo me quedo aquí cubriéndote.

"Te buscan", le grito antes que la sorprendan. "Apúrense", diciendo a los cipotes que se han quedado atrás.

Ella como si nada.

Pijiriche saltando.

"Ahí viene mi nieta", digo. No se lo digo a nadie. Nada más porque ahí está, abriendo la puerta de golpe. Gritando: "Apúrense". Con el bulto de tortillas en la cabeza. Con las tortillas en equilibrio.

"Apúrate niña, ni que vinieran jugando peregrina". "Es que he venido lidiando con Moncho que no quería caminar. Se me durmió donde la madrina, mientras me echaba las tortillas".

La autoridad sacando sus libretas.

Preguntando cómo te llamas, con todos los apellidos, quién es tu papá, de qué vívis, de dónde venís, cómo llegaste a Kilómetro, si estas en la federación cristiana de campesinos, que desde cuándo, cuántos años tenés, qué has venido a hacer dónde tu abuela.

Y Adolfina:

Vos sós el cabo Martínez, ¿verdad?

Y él:

Bueno y a esta cipota mequetrefe qué le pasa.

Y el otro agente metiche:

No le digo, mi jefe, esta gente cada vez se está poniendo más insubordinada, más abusiva.

Y Adolfina:

Es que mi mamá y mi abuela me han hablado de usted. Usted fue con William a casa de mi abuelo anciano, al papá de mi papá.

Y él:

Mirá cipota, ya te oí bastante, voz quizás me has confundido, dejá ya de malcriadezas que aquí sólo nosotros preguntamos, sólo falta que saqués tu libreta y apuntés...

El metiche:

Es que esta gente no quiere por las buenas, entre más blandito es uno, más quisieran cagarse en la gente, aunque no queramos encachimbarnos, estas son las cosas que hacen perder la paciencia.

Y él:

Dejá de estarme dando cuerda que soy capaz de zamparle un pencazo a esta cipota careta. ¿Verdad que ni siquiera te bañas? ¿Verdad que ya pisás con los comunistas?

Y yo:

Mire don. . ., sargento, hasta ahora nosotros hemos sido

respetuosos con la autoridad, vienen o pasan por aquí y nosotros respondemos a sus preguntas. Dentro de nuestra humildad sabemos ser educados, yo quisiera que nos respetara, que terminara con lo que se le ofrece y no se ponga a insultar, usted tiene que tomar en cuenta que si la cipota le pregunta es porque ha padecido mucho, él papá preso, la mamá por poco pierde un ojo de una golpiza que le dio la autoridad y luego que van donde el abuelo. No se imagina usted lo que tenemos que tragarnos.

No le digo lo de su tío Justino.

El meque:

Se atienen a que son mujeres

Y Adolfina:

Ustedes no andan haciendo diferencias, miren cómo agarraron a patadas a mi mamá y yo sé que usted tuvo que ver señor cabo, lo sé muy bien, es más, conozco a su mamá, doña Patricia, no me va a decir que es mentira. Yo soy la hija de Helio Hernández que ustedes no quieren decir dónde está.

Y yo, agarrándola de la mano, apretándola contra mí:

Niña, no sea atrevida, respete a los señores y conteste lo que le preguntan. Usted comprenda, don sargento, ella es una cipota y todavía tiene su tragedia. Nosotros no somos de piedra para no portarnos mal cuando desconfiamos...

El meque:

Se ve que todavía hay viejas putas educadas en este mundo, aunque parezca mentira.

Y yo:

Ustedes son los que tienen que decirnos el objeto de su visita, pero como han estado tanto tiempo aquí y no hablan, pues por eso se dan estos problemas, porque ella como sabrán es todavía una hija de dominio, no puede disponer así porque sí, por sí sola, comprenda, don sargento.

Y él:

Mire señora, estas cosas ocurren por la falta de respeto que ultimamente ustedes le tienen a las autoridades, como que se les hubiera subido la mierda a la cabeza. Mejor seamos razonables y ya verán que no pierden nada. Dígale a su nieta que colabore con nosotros por el bien de todos, nosotros cumplimos nuestra misión y ustedes salen en caballo blanco.

Y yo:

Si lo que no quiero es que ustedes hablen con esa lengua delante de ella; por mí no hay problema, pues soy vieja y estoy acostumbrada a todo.

Y Adolfina:

Bueno pues, digan que quieren de mí.

Y me parece que no tienen malas intenciones.

Aunque con esta gente no se atina.

12.10 p.m.

—Queremos hablar a solas con usted.

Milagro que la tratan de usted, porque educados no son, menos cuando se ponen misteriosos. "Es que fíjese que encontramos a un hombre herido y como usted pasó temprano por el camino, pues pensamos si se había dado cuenta". "¡Y eso no me lo podían decir a mí, la razón de tanto misterio!", pienso.

Y Adolfina:

—Yo no he visto a nadie.

—Usted pasó a las nueve por ese lugar.

—¿Cuál lugar?

—Por donde encontramos al herido. Nos dijeron que vos habías pasado por el camino. Y luego el herido mencionó un nombre parecido a Adolfina.

—Pues mire que ni sé de qué me están hablándo...

—Esa persona herida no quiere dar ni siquiera el nombre y resulta que ni siquiera documentos tiene para identificarlo, y

nosotros dijimos pues vamos a buscar a la Adolfina que dice
este hombre herido y como usted es la única de por acá con e-
se nombre.

—Pero usted dice que no está muy seguro.

—Así es, muy seguro no estamos, si no no estuviéramos
preguntándole, de una vez quedaría aclarado todo.

—¿Y ustedes qué quieren?

—Que a ver si nos acompaña, si va a reconocer, por si lo
conoce, que nos preste una ayudita.

—¿No sería mejor que la llevaron al hospital si es que está herido grave como ustedes dicen?

—Mire, usted no tiene que decirnos nada, venimos a
traerla, deja esas tortillas que trae y nos acompaña.

Y yo les digo que no, para qué, si ese hombre herido conoce a Adolfina me ha de conocer a mí; que preferible yo los
acompaño y ella se queda con los cipotes. Y que mejor vamos
todos. Y ellos, usted no se meta vieja puta, que ni siquiera da
la hora y el hombre está como a una legua y cómo van a ir cargando a esos cipotes a una diligencia judicial que es tan seria. Y
yo, conociéndoles les digo que Adolfina no se mueve de la casa, no da un paso sola, ustedes comprenderán es una cipota y a
mí me la han encargado, es mi nieta, no permitan que le vaya a
pasar nada estando en mis manos, llévenme a mí, yo sé caminar tanto como ustedes y ya veremos cómo dejar los cipotes
donde mi comadre, yo podría reconocer a ese hombre si es de
estos lugares, yo conozco a toda la gente, a no ser que sea de
otros lugares y entonces ya no es problema nuestro y a lo mejor ha habido una equivocación, ustedes mismos lo reconocen;
me van a comprender las razones, estoy de luto, ustedes me
ven, hace poco se me murió un ser querido, y por eso estoy
nerviosa y no voy a dejar a ir a la cipota, prefiero que me den
un tiro aquí mismo, si eso los hace felices, pero de aquí no se

mueve mi nieta, mejor mátennos a todos.

Que yo no sé ni lo que hablé. Que yo sólo oía la voz de Adolfina, espere abuela si podemos ir todos sin ningún problema, no se ponga así, vamos a ir todos, verdad señores de la autoridad, verdad señores de la autoridad que podemos ir todos. Y en eso es que estuve hablando lo de antes, sacando fuerzas, pues no iba a permitir que después de lo de Justino dejármela llevar así nomás, con unos hombres que en estos momentos no se les veía buena intención. Ellos sin moverse, nada más dando la orden, mirándome con extrañeza, quizás les sorprendía después de tantas horas de mi silencio que ahora les resultara respondona; la verdad, sólo se me quedaban viendo, pensando quizá esta vieja está loca, qué le estará pasando. Así son estas viejas putas. A mí no me importaba ya nada, pues ni siquiera en mis hijos chiquitos pensaba; ni que me fueran a sentar de un balazo. Los cipotes llorando a mares, con la bulla de los cipotes cuando lloran, cuando tienen hambre, cuando sufren, cuando están enfermos. De aquí no se mueve mi nieta, gritaba que hasta el propio Pijiriche comenzó a ladrarme. Adolfina abrazándome, todavía sin soltar las tortillas calientes. No se ponga así abuela, con ganas de llorar ella. No se ponga así. Llorando. Justino me condenaría si la dejara ir con esos hombres. Y más fuerzas me salían pensando en él. Primero me matan, primero nos matan a todos.

Hasta que ellos hablaron:

—A esta vieja ya le va a dar patatús.

—Vieja más escandalosa.

—Vas a dejar ir a la cipota o la llevamos a la fuerza, contra tu gusto. Esta vieja sí que jodió. Esto nos pasa por ser buena gente.

Entonces habló Adolfina:

—Yo no iría con ustedes, no me muevo de aquí, no sé a

quién quieren que yo vaya a ver, mejor llévennos a todos, aunque sea despacio llegamos, si no es para tanto, más caminan estos cipotes, y llevamos chineado al pequeño. No veo el problema.

Limpiándose los ojos con el delantal que se había puesto en la mañanita. La pobre, hablándoles con tanta naturalidad que ni siquiera se daban cuenta que estaba llorando a no ser por la pasada del trapo en la cara y los ojos como chibola de vidrio de tan llenos de llanto.

—Cada vez se ponen más abusivas estas gentes, que a saber a qué se atienen.

—Mejor ellos fueran la autoridad, pues aquí ya no se manda.

—Y cuando dicen este macho es mi mula, de aquí no me apeo, no se apean.

—Sólo a golpes entienden, si quiere les entramos como se debe y se acaba la jodedera.

—Esperate, vos, que aquí quien da las órdenes soy yo, no te alagartes tanto.

Y entonces, así de repente sale la Adolfina de nuevo a repetir lo mismo, con sus cosas y le dice: "Mirá yo ya te conozco, me estaba preguntando de tu cara conocida, vos sos el hijo de la Ticha, la señora que vende verduras en el mercado, los días domingos".

"Esta gente sí que jodió, como que se estuvieran discutiendo cuestiones familiares". Y luego le dice a Adolfina:

—Mirá, yo ni te conozco, ni sé quién es esa Ticha, dejen ya de estar desacatando a la autoridad y vamos caminando.

—Vos llegaste a la casa de mi mamá.

—Esa cabrona está loca, mi cabo, nos está provocando de gusto, no quieren por las buenas.

Dejá, hija, no tiene importancia el pasado, que no te vayan a faltar el respeto. "Es que no es cosa del pasado, abuela", me dice en voz baja, ahí donde la tengo entre mi pecho.

Y el hombre se sacó de la espalda un radito, estiró lo que se llama antena y comenzó a hablar con números, hablando por teléfono si era posible que se trajeran al herido. Hablando con el chunche extraño, que se viniera el yip para acá, con el hombre.

Los cipotes se habían ido a arrinconar a la carreta, jugándole la cabeza a Pijiriche, comiéndose su tortilla con frijoles. Niños váyanse a jugar al patio, dejen de estar en el maíz que se van a llenar de ajuate. Y se van con el chucho detrás. Y me les quedé mirando, como diciendo adiós; porque así pasa en estos tiempos, hay que despedirse a cada rato de los seres queridos por si acaso no se vuelven a ver. Nunca se sabe cuál es el último minuto, la última vez que se van a tener los ojos abiertos, vivos; pues los muertos se quedan con los ojos abiertos, como pasó con Justino. Sus ojos parecían de vidrio, ensartada su cabeza en el palo. Y una como risa en su boca o quizás diciéndole adiós a sus hijos, o a mí, a sus compañeros por quien se desvelaba.

Así, cada vez que te retirás un rato de mí, Benjamín, grande y gordo. Ester flaca, te va a levantar el viento. Moncho, quita leche. Y Adolfina, sangre de María Pía y de mi sangre. Siempre hago la señal de despedida, por las dudas. Y también me encomiendo a Dios.

Así están las cosas ahora. Nunca se sabe de dónde vendrá el golpe.

Y cuando pienso en dios, también pienso en la conciencia de que habla Chepe. Quizá sea lo mismo. Qué sería de mí sin la conciencia. No podría aguantar estas cosas. ¿Cómo harán para soportar el dolor las gentes que no tiene conciencia? ¿Los que no tienen a Chepe? Me compadezco de ellas. Horrible.

Siguen hablando con el radito, apretando botones y hablando.

Vaya a dejar esas tortillas para adentro, ya vamos a poder comérnos el arrocito con tranquilidad. Déjelas bien envueltas para que no se enfríen. No sé como los hombres se acostumbran a comer tortillas heladas, pues en el trabajo prácticamente lo que les dan son caites disfrazadas ·de tortillas, las famosas chengas, pesadotas y rancias. La tortilla o se come caliente o no es tortilla.

Lindo tener conciencia. Se sufre menos.

De repente se han encendido las luces de la tarde. Veo los pechos de las tórtolitas haciendo como fuelle de herrería. Sus plumas de canela. Cabecitas hacia un lado, escuchando mejor el cuu-cuuu de las otras tortolitas más lejanas, llamándose a grandes distancias, sin ocupar raditos, ni antenas. Vienen todas las tardes para comer las migajas del maíz. En la temporada de tortolitas, ellas aparecen confiadas y bajan hasta la carreta. Luego se van al tamarindo a comerse los maicitos recogidos. A masticar su maicito. El sonido de sus alas volando, cuando se asustan. Rum-m-m. Revoloteando·rumm-rumm.

Si quiere come usted mientras yo acompaño a la autoridad, agarre su arroz y unas dos cucharadas de frijoles y me la da a los cipotes, una cucharada para cada uno. Trajiste sal, ¿verdad mi hijita? Un puñito de sal para cada uno. La sal es barata pero no debe desperdiciarse. Es pecado. A uno lo bautizan con sal para borrar el pecado que se trae al nacer. Yo te bautizo en el nombre del hijo y del espíritu santo. Parece que fue ayer que llevamos a Adolfina a echarle el agua. Ha crecido mucho ultimamente, ya se nos va a casar. Y a tener hijos.

Pues un día me dice Chepe: si a mi me toca derramar la sangre, mi sangre, no importa, si es por el bien de todos. Así es él. La conciencia, me dice, es sacrificarse por los explotados.

Yo no hubiera sabido nunca el significado de esa palabra si no me la explica Chepe. Me costó que me entrara la palabra, entender por qué somos explotados. Porque para mí todo era parte de la naturaleza. El que es, es. Cada quien traía su destino. En estas cosas creía. Si uno era pobre, pues así es la vida, qué le vamos a hacer, si Dios no nos premió con una mejor vida, debíamos darle gracias por tenernos sanos y con lo suficiente para el maíz, la sal y los frijoles. Hasta que fui descubriendo la palabra explotado. Los campesinos somos explotados en este país. De ahí vienen nuestras pobrezas. Si nos pagaran bien sería otra cosa. Pero siempre seríamos explotados. Los cipotes tienen que ir a la escuela para que no crezcan ignorantes, me dice, y comprendan más fácilmente el problema de nosotros los campesinos.

O sea que él siempre está pensando en los demás. Y lo demuestra. Por ese espíritu de solidaridad es bien querido por la gente. Ya saben que él siempre está dispuesto a sacrificarse por los demás. Su cambio vino después de estar en la organización nuestra, si hasta dejó de beber para dedicarse de lleno a las actividades. Para él no existen los sábados ni los domingos. Al principio no le entendía por qué nos dejaba abandonados; no es que se fuera, sino que no nos prestaba atención, pues para él sólo existían las tareas. El nos explicaba las razones. Esta manera de ser, es la conciencia, me dice. Y ya se ve que es una cosa complicada, que no se puede definir con una sola palabra. La conciencia son todas las acciones que hacemos en provecho de los demás sin andar buscando el interés personal.

Yo digo: Chepe es mi conciencia.

1 p.m.

Y nos vamos por ahí, a darnos la comidita. En los minutos que nos dejan tranquilos por estar con el radio. En eso aparece el gavilán pollero. Planeando, nadando en el viento. Flecha veloz, oídos de tísico, gavilán pollero. Cuerk-cuerk, en el patio de enfrente. Se avalanza sobre la manada de pollitos. Como el viento cae sobre los palos de mangos maduros, arrancándolos de un solo. Así cae el gavilán sobre los pollitos. La gallina pelea con el gavilán, se le tira encima pero el animal ha alzado vuelo y la gallina apenas salta unos cuantos centímetros arriba. Y corre hacia los demás, una vez que ha perdido a uno de sus hijitos. Cloc-cloc. Gavilán cabrón.

—Es lo que yo digo, cuando el tuerce llega pues ya estamos arruinados don Sebas; antes no llovía y cuando se vino la lluvia como miado de gato nos alegramos porque podemos sembrar nuestro maicito. Todo lo que padecimos el año pasado.

—Este año quizás va a ser bueno, pues están pasando muchos azacuanes desde hace días.

—No me diga don Sebas, yo ni siquiera los he visto, con la alegría que se siente viéndolos tan alto volando.

Además porque la lluvia va a ser buena, no se imagina las cantidades de azacuanes en forma de ve de la victoria en el cielo.

—Irán para el polo norte quizás. . .

—A saber donde diablos van

—Hay que tener fe este año

Ya viene el agua por el volcán que se me moja mi papa Juan; me gusta cantar esta canción cada vez que veo allá por el horizonte cómo viene caminando la lluvia a lo lejos, acercándose para donde uno, tardándose en llegar. "Todavía viene lejos". Da tiempo para ir corriendo al desvío donde don Sebas a comprar el dulce de atado para el café. Y regresar cuando el agua va llegando hasta donde una. Apenas a tiempo. Como estamos en alto, la vemos venir, como una cortina de chigüiste en el horizonte. Y canto: ya viene el agua por el volcán. Hay una gran alegría.

—Ay, mamá, viera que luego de probar el cafecito que usted hace cuando pruebo otro, siento la gran diferencia, me va a decir el truco para pasárselo a los compas. . .

—Eso lo decís porque como el café viene de tu nana, pues es lo mejor...

—De verdad mamá...

—Ya vas a ver cuando te casés y te vayas de la casa, entonces el cafecito más rico será el que haga tu mujer. Así es la vida Justino, es parte del amor a las personas. No basta la cosa en sí, depende cómo se dé, el cariño que se ponga en darlo, el amor en recibirlo. . .

—Es que fíjese, ya estoy pateando los veintiún años y no me he casado...

—A saber si en tus idas y venidas no andarás coquetéandole a alguna cipota; eso es normal hijo.

—Como me he tirado de lleno a la federación, viera que apenas nos sobra tiempo para esas tonterías.

—Son cosas de la vida, hijo.

Siempre me pareció que era el vivo retrato de José, los mismos ojos y la misma boca; precisamente así, mientras se limpia la frente llena de sudor, porque va llegando en estos momentos, y luego baja la mano suavemente. Quizás porque sea el mismo gesto, te veo como si José, José en jovencito, cuando recién comenzaba a llegar a la casa. Vos vestís mejor que José, Justino, porque José siempre tuvo camisa de manta, no conoció otra cosa, en tanto vos, nunca te gustó la manta desde que comenzastes a tener malicia; y bajabas al pueblo y siempre te esmerabas en la camisa que ibas a comprar. Porque los jóvenes de ahora son diferentes, gozan mejores cosas, aunque ahora el peligro sea mayor para los hombres. Desde que no nos estamos callados y exigimos nuestros derechos la vida se le hace imposible a los hombres de estos lugares. Nacimos pobres y pretenden que sigamos pobres o quisieran terminar con nosotros. Eso vemos por la manera cómo nos tratan, por la manera cómo se deshacen tan fácilmente de las personas. Vivimos en la pobreza. Vivimos en el hambre y aún así quisieran exterminarnos, quisieran que no existiéramos, quizás. ¿Quién les va a cortar entonces el algodón, quién entonces les va a cortar el café, quién les va a chapodar los terrenos para que puedan sembrar tranquilamente, quién les va a sembrar esos grandes hacendones que tienen? ¿Acaso lo van a hacer ellos? ¿Acaso la autoridad va a dejar esos animalotes automáticos que cargan para atemorizar a la gente y lo van a cambiar por el machete y la yunta de bueyes? ¿Acaso? ¿Se van a quitar esos uniformes, entonces? ¿Van a dejar de ser la autoridad que anda para arriba y para abajo vigilando? ¿Va a suceder todo eso cuando acaben con los pobres?

"Nada de eso va a ocurrir". Me decía Justino. Y me lo repite José. "Pero tenemos que organizarnos". Y por tal razón nos nacen las fuerzas y no nos llenan de miedo. Y si nos da miedo, miedo a quedarnos solos, seguimos de tercos. No nos aburren sus ingratitudes ni sus malcriadezas ni sus asesinatos. Aburrirnos sería como morir. Como darse por vencidos teniendo la razón.

—No sé por qué me he estado acordando de Justino. . .

—Tenemos que olvidarlo.

—Vos no me vas a decir que lo has olvidado, si ya varias noches te oído haciendo ruiditos con la nariz, echando mocos, como si te avergonzaras y luego mejor te levantás a orinar, así decís, y te tardás un mundo allá fuera, yo te oigo orinar, de verdad orinás pero te quedás allí, como si algo te anduviera por el recuerdo.

—Yo no lo olvido, pero tampoco me gusta que me lo recordés, porque a uno se le restan fuerzas en estas cosas de los hijos que no veremos más. Debemos conservarnos tranquilos para dedicarle frescura de mente a nuestra federación.

Y se levantó tranquilo este día. Me dice: "Que los cipotes recojan todos esos olotes tirados en el suelo y que los metan en el matate viejo, la comadre me los ha estado pidiendo para el fuego".

Ahora que se fue en la madrugada, me lo dijo.

"Quizás venga antes de que se ponga el sol; dormir en el monte me tiene aburrido, aunque se pase bien con los compas".

Mejor que no vengas, le digo. Mientras haya peligro, fijate lo que le pasó a Helio. El pobre no lo dan, ni dicen nada de él, por lo menos nosotros pudimos ver el cadáver de Justino, sabemos que está muerto. Es peor la angustia del desaparecido, pues con el muerto viene la consolación. Con el desaparecido matan de un tiro dos pájaros: todos los vivos que se mueven alrededor del desaparecido están encadenados a la angustia. Y la angustia es una muerte lenta.

Y se sorprende que yo sepa sobre Helio. "¿Quién te contó, como lo sabes?". En quien primero piensa es en Adolfina "No fue ella", le digo. "Disculpame que no te queríamos contar para evitarte preocupaciones", dice. "Ha sido nuestro año de mala suerte", digo. "La mala suerte no existe, uno hace su propia vida que está llena de realidades", me dice. "No tiene importancia como lo supe, lo que sí es importante es que todos debemos compartir el pedazo de verdad que nos toca, yo estoy con vos en cualquier circunstancia", así le digo. Y me arrepiento porque de pronto se pone triste "No te preocupes", me dice, preparándose para salir.

Por el peligro que hay es que se va tempranito, cuando todavía está oscuro y no hay un alma en los caminos. Lo veo alejarse. "Fíjate que hoy vino el gavilán por estos lados, en el solar de enfrente".

Y me dirá: "Pues tenga cuidado con los suyos, porque gavilán que come pollo, vuelve". Así es.

Y le voy a decir: "Como si lo hibiera escogido, se llevó el pollito más gordo, la pobre gallina quería volar tras él y luego se puso a cloquear cobijando con las alas los otros pollitos, vieras qué triste". ¿Por qué habrá gavilanes?

Y me va a decir: "Todos los hijos duelen, hasta los animales por ser animales". Dicen que hasta los palos sienten cuando uno les corta una rama.

Me dijo: "Por suerte se va a quedar unos días la cipota, para que te ayude en las cositas, es mejor que esté aquí por el peligro que tiene en Ilobasco, dicen que las autoridades andan haciendo babosada y media".

Le digo: "Fíjate lo que le han hecho a María Pía, tenerla en esa incertidumbre, no decirle nada sobre Helio".

Me dice: "Y lo peor es que cuando ya no dicen nada de una persona es cosa de no saber nunca su paradero".

A mí me extraña la fortaleza de Adolfina. No sé si son las nuevas generaciones las fuertes. Me mandó decir la mamá que se va a estar quince días con nosotros.

Y le voy a decir a José: "Vieras, Adolfina me ayuda mucho, siento que descanso cuando ella viene". Porque me ayuda con los cipotes, con sus tíos. A ella le da risa. Pero como a mí me salió el Moncho a los cuarenta. Por esa edad más o menos. El quita leche tiene la suerte de ser mimado por toda la familia. "Pobre hija", me dice refiriéndose a María Pía: "Pensar que le salió una cría tan fuerte y valiente como Adolfina".

Hablando estas cosas estábamos cuando el gallo se tiró del tamarindo. El gran ruido que hace con las alas como si estuviera sacudiendo el cielo de tantas estrellas. Canta el gallo. A propósito, ¿cuántas veces fue negado Cristo? Cristo ya sabía que iba a ser negado.

Todos padecemos de una forma o de otra.

Peor que estar en la cruz. O igual.

1.30 p.m.

Me cago de la risa.

Me hace miarme cada vez que lo cuenta. Le pasó por andar de malicioso. El no lo niega, al contrario. Cuando está de buen humor lo repite y lo repite. A los nietos, a los hijos pequeños. A mí. "Pues fijate cómo me fue saliendo la mujer esa" Y viene con el mismo cuento.

No para de contar.

Pues iba en busca de altamiza para el dolor de estómago de María Pía, de nueve años entonces. Voy donde mi nana y que si me presta a Cañafístola. "Y qué te pasa, niño". "Que la cipota se me ha enfermado y voy a ir al río a buscar altamiza". "Huy pero te va a agarrar la oscuridad". Me decían los tatas. "Llevátela, por ahí está el pepeshte y la montura". Y me fuí con Cañafistola. Apenas son las cinco de la tarde.

Pero en ese tiempo a las cinco de la tarde ya era noche. Yo estaba ya garrudito, unos dieciocho años. Porque uno salía de la tarea a las cuatro y directamente a la casa. Y más con el peligro pues recién había pasado la matanza del treinta y dos. Y me fui para el río. Me pasa por bruto, fíjate, andar tan noche. Ya el sol se estaba hundiendo en los cafetos, detrás de la neblina de esas horas de frío en los huesos. Cualquier persona es peligrosa en un camino solitario como el del río. En eso ví el bulto sentado en una piedra y el bulto no estaba malo. Según me iba acercando me daba cuenta que no estaba malo el bulto porque era una mujer guapa. De pelo largo y vestido de colores, bastante sucio, eso sí. A saber quién la había dejado abandonada. Y cuando me le acerqué para preguntarle en qué podía servirle, me dí cuenta que no usaba corpiño. Por el temblor de sus pechos debajo de su vestido, me daba cuenta. La tela de su vestido temblando a cada pálpito de su corazón, como si adentro tuviera arena movediza o como un charco cuando le da directamente la luz de la luna, que el agua no se está quieta meciéndose.

Y la emoción le nubla los ojos a uno.

Sus caderas de cántaro lleno de agua fresca. Y los grandes camanances como para jugar chibolas en ellos. Los ojos brillantes, como de terciopelo o de culebra masacuata. Sólo miraba sus ojos, sus caderas y los camanances pues no dejaba de sonreir.

Imagínense, no ocurrírseme que podía tratarse de la sucia.

Y le digo: ¿Por qué está sentada en esa piedra, no ve que ha de estar caliente y le puede dar maldeorin.

Y me dice: Pues fíjese que no, esta piedra está bien fresquita, muy rica para sentarse, lo único que estoy abandonada aquí.

Le digo: Pues ya no va a estar solita si yo le puedo ser útil en algo que usted mande.

Sinceramente les digo que yo me puse alagartado.

Diciéndome ella que no le daba maldeorín, pierda cuidado. Y cómo no me iba a emocionar, pues yo era un jovencito culo caliente. "Se lo digo por su bien, mi amor". Con sólo acordarme se me paran los pelos de punta. Y voy haciendo amistad con la desconocida, sin fijarme en las sombras que nos envuelven lentamente. Ella llenaba todo el silencio del cafetal. Y le digo: qué hace tan solita por estos lados. Me dice que no está sola. Miro alrededor y no hay nadie. Pongo cara de tonto, pues no veo a nadie. Está usted conmigo, me dice. Me vuelve el corazón a mí puesto. Entonces estamos solos en esta soledad. Así es, me dice. Y yo de chucho, queriéndole caer encima. Y le digo que si me acompaña, voy para el río a buscar altamiza y después la llevo donde usted ordene. A todo esto ya me estaba temblando la voz y el chacalele daba vueltas de gato dentro de mí. Pum-Pum, le hacía de la emoción que casi me paralizaba. Por su cintura de cántaro. Montese, pues. Le ayudo a subir y la llevo adelante, para que no se me vaya a caer y golpearse. Apretándola, no se preocupe, yo la llevo bien agarrada para que no se lastime con los saltos de este animal. Y nada que saltaba, nada más lo hacía por picardía, por aprovechado.

"Voy con usted luego le digo", habla con voz de susurro.

"No tenga cuidado, donde manda capitán no manda marinero, usted sólo indica el lugar y la llevo", Y lo peor es que le miento para no darle celos. A mí se me cruza en la mente que puede sentir celos. Baboso que es uno. "La altamiza es para una vecinita del pueblo, de repente le dolió el estómago". Precisamente yo era un candidato para esta mujer, quizás por mi juventud y por mi alagartamiento. Y lo peor es que ella hablándome de las flores del camino y de los chimbolos del río que son una delicia.

Y le digo: "A usted le gustan las pepescas?".

Me dice: "No, no me gustan".

"Entonces por qué dice que le gustan las olominas del río, si es la misma cosa?", pregunto.

"Porque no es lo mismo", responde.

"Es lo mismo", le digo. "Las pepescas, son las olominas secas que se comen fritas y las olominas son las pepescas cuando están vivas", termino de decirle. "Pues así es", me aclara: "me gustan los pescaditos frescos y vivitos, los pescaditos secos no me gustan, los pescaditos muertos".

Y doy el primer salto. Y como uno es bruto, no entiende a la primera, todavía le digo: tan bromista que es usted. Y la llevo bien apercollada, apretadita que ya parecemos ranas chachas. Todo por mi bandidez. Como si me hubiera sacado la lotería.

El cuento me lo ha dicho más de diez veces; siempre que está alegre se acuerda de él. La primera vez que me lo contó sentí un poco de celos, pero sólo al principio.

En la realidad fue diferente. Mi suegra dice que llegó muriéndose de frío, creía que había visto al diablo. Pero el puñetero no soltó la altamiza, la llevaba apretadita al pecho. Tartamudo, helado y cherche como chancho de loza. Y dónde le sacábamos palabra, cuando qué te pasa, te picó una culebra o te salió el diablo. Y nada. No quería soltar la altamiza. La cosa era de reirse pues nos afligió su estado. Mi suegra goza también.

Sigue contándome:

Y me la imaginaba tendida en las piedras desnudas, sí sólo era de quitarle el vestido y suficiente. Ya me había dado cuenta mientras la apretaba, mientras le ponía las manos sobre el ombligo y como por descuidito la bajaba o la subia para medio tocar sus pechos, todo de acuerdo a los saltos que daba Ca-

190

ñafístola. Le digo que tiene el pelo más hermoso de este lugar. Ella me dice que no sea tan mentiroso, usted sabe que soy fea. Porque bonita sí era la puta, por lo menos así la ví al subirla al caballo. Y le pregunto que si esas chichitas tienen un dueño. Me dice que depende. Y más loco que me pongo. Si ya me siento jineteándola. Desde que la ví me enamoré de sus camananances. Le digo. Y de sus ojos brillantes como luciérnagas. Y me dice la puta: y esto que no los ha visto más directamente.

Y cómo son sus ojos vistos directamente, le pregunto. Es mejor que me los vea hasta llegar al río, dice. Ay, usted tan bayunquita, acaso le da pena, le digo.

Entonces como que me reclama: "Usted me lleva tan apercollada que ni deja moverme, cómo quiere que me dé vuelta para enseñarle los ojos, no sea impaciente, además suba un poco más la mano". Porque yo de abusivo ya ni hallo que hacer con mis dos manos que parecen masacuatas, queriendo comérmela con las uñas, con los dedos. Y le digo: es que usted lo pone loco a uno.

Me dice: "Usted lo que es un gran chabacán, si hasta me está cogiendo de los pelitos".

Y me va entrando una gran vergüenza. La aflojo un tanto. Cual es mi sorpresa cuando me reclama: "Si no es para tanto". Para qué quise más, ustedes imagínenlo.

Para disimular le digo: "¿Qué será que a medida que bajamos al río se siente un aire helado?". En verdad lo estaba sintiendo. "Es el aire helado de la pelona". Así me dice. "Usted dice que yo soy chabacán y usted es una gran tomadora de pelo". Le digo la verdad. "Se burla de la gente", digo haciéndome el santón. "Pues viera que yo a medida que me acerco al río me siento más tibiecita". Cuando menciona el río me entra la gran calentura de hombre, pues voy que no me aguanto. La oscurana sale y no sale. Y yo que no salga, doblando y cruzando los dedos para que no salga pues la gracia era contemplarla, admirarle su cuerpo de cántaro de barro. Pero al sol lo atrapaban los guarumos más altos. Y la verdad que el camino es de Cañafístola, él dirige, hasta se le enredan las patas, como si adivinara, se contagiara con mis fiebres. Sus pechos, para qué voy a mentir, como dos tortolitas, de piquitos duros, sus pezones de paloma de castilla.

Hasta que al Cañafístola se le planta caracolear. "Qué le pasará a esta bestia", El relincho del caballo desparrama los pájaros medio adormilados. Siento el runnn-runnn de las alas espantadas. Las lechuzas y los tecolotes: buu-buu. "Habrá visto un tamagás". Digo. Se niega seguir adelante. Le meto las espuelas y nada, se para en dos patas. "Apúrate infeliz, no ves que ya estamos llegando al río".

Pienso que no hay mal que por bien no venga: Quizás nos tenemos que bajar aquí, al fin y al cabo lo mismo dan las piedras de un río que un peñón lisito que yo le estaba volando ojo. Por aquí buscamos la altamiza, le digo y luego la llevo donde usted me diga. Porque uno es chucho con las mujeres. "Bajemos entonces" Y ella coqueta: "Ay, no usted quizás me quiere hacer algo". "Déjese de bayuncadas, no ve que la bestia se niega a seguir, si no le va a pasar nada malo". Viene la puta y me dice: "Lo que quiero es que me pase algo bueno".

Y para qué me dice: Más me tiemblan las canillas.

Y luego: "Le voy a decir la verdad, yo había calculado lo oscurito del río, como está en lo bajo y ya viene la noche, pero aquí me da miedo". Le digo "¿Miedo de qué?".

Me dice: "Miedo de la luz". "Es que usted ha de ser muy penosa", le digo. Y yo creyendo que me estaba insinuando cosas: "Véngase, vamos a la peña, ahí por lo bajo hay altamiza". pensando que por lo bajo es más oscuro y que no se va a negar en los oscurito. Ella no quiere caminar. "Ande, no sea bayunca

vamos al peñón". La cabeza agachada con el pelo encima. La a-
garro un poco a la fuerza, jalonéandola. Como quien dice:
"vengase con shu papa". "No me jale que yo voy a ir con mi
gusto", me dice. Y luego, mientras le meto la mano ahí donde
tiene guardadas sus dos palomitas de castilla, me habla con una
voz diferente, casi me parece otra persona: "Es que yo soy hija
de.la oscuridad" "Arriba de la peña está claro, pero abajito ya
hace noche, vamos y verá". Pues yo de juan-vendemelasconser-
vas no había caído. Y ya con las dos palomas de castilla en mis
manos, quise beber de su lechita. Entonces vi que por entre su
pelo salía una luz, la luz de unos ojos de gato. Creyendo yo en
mi imaginación, o en la belleza de sus ojos. Le pregunto:
"¿Por qué le brillan tanto sus ojos?". "Y vieras cómo se me
ven en lo oscuro", me dice.

Pero cuando la brama le entra a uno, quién nos detiene.
Pues no me vayan a negar que ella me estaba dando la oportunidad y los hombres no podemos desperdiciar pues entonces
hablan mal de uno. Hasta de maricón lo pueden tildar.

'Pues vamos a lo oscurito para admirártelos", le digo cada vez más pendejo. Y cuando ya va tranquilina hacia la peña,
me dice: "Eso no es nada, mirá mis uñitas". Voy viendo las u-
ñas más grandes que había visto, que le habían crecido de momento o quizás de la emoción ni cuenta me daba, aunque no
recuerdo haberle tocado las manos, como uno se va más direc-
to en estos casos de mujer sola encontrada por un hombre en
un camino solo. Y más si es mujer coqueta. Si el hombre es
mujeriego, por supuesto. Aunque yo nunca he sido mujeriego;
pero en arca abierta el justo peca. Y entonces movió la cabeza
para atrás, descubriendo su cara que la tenía cubierta con el pelo. Y nada de camanances lindos. Estaba pálida, como los
muertos. Inmediatamente la solté pues sentí que de pronto se

193

había vuelto helada. Por último me dijo: "Y eso no es nada, mirá mis dientes".

Voy viendo los dientes más grandes en mi vida. Sólo atiné en oir la gran carcajada y me cagué ahí mismo. Se bajó la blusa del todo y me gritó: "Aquí están tus tetas, aquí están tus tetas". No sé cómo no quedé allí mismo, ni como llegué hasta Cañafístola.

Por los guarumos se perdía su voz: "Aquí están tus tetas, aquí están tus tetas". Cuando llegué a la casa iba prendido en calentura. No sé ni cómo llegué.

Y me dice la abuela: "Por qué traes una cara de muerto". Y de dónde diablos me salían palabras. Había perdido el habla. Y para más: "¡Si estás cagado, qué te pasó?".

Estuve más de cinco días en cama. Y dicen que no soltaba un ramito de altamiza, contra mi pecho. A saber a qué horas la recogí.

Cualquier mujer que me sonreía, estaba viendo a la siguanaba.

Si vieran cómo cuenta José su encuentro con la siguanaba. Oírselo a él directamente. Bueno, ahora ya ni siquiera se acuerda.

Fíjate, me dice José, que estuve más de diez días a puro atol de maicena y cuajada, como si hubiera sido un niño tierno. No podía comer otra cosa porque todo se me venía. Alguien dijo "delen comida de niño, es más suave". Y todos lo venían a ver para que contara la historia. Pasó más de un mes para que pudiera hacerlo.

Dice mi suegra:

"La primera vez que me lo contó a mí, me lo confió como un secreto, pues le daba pena contar sus picardías con la siguanaba. Si no le cuento, no voy a pagar mi pecado, me dijo. 'Es la única manera de curarme'. Así fue pues una vez que me contó se fue sintiendo mejorcito. Yo dije que lo perdonaba".

Como esa fue la historia de su vida, estuvo contándola por varios años y cada vez le aumentaba un poco más. Ya en las últimas versiones nos hacía orinar de la risa.

José piensa ahora que fue un sueño.

2. p.m.

En eso vimos aparecer la polvareda encima de los cercos. "Ya viene el yip con el hombre", dice el cabo Martínez, pues así se llamaba según me dijo Adolfina. Y paró enfrente. Se bajaron cuatro autoridades que venían arrastrando al hombre, lo jaloneaban como si fuera animal enfermo. Como disfrazado venía pues no se le echaba de ver nada debido a la sangre que le cubría la cara y la camisa y el pantalón.

— Pásenlo para ver si lo conocen.

Fue hasta que estuvo cerca que me di cuenta que eras vos, que tenías la cara cubierta de sangre que se asomaba un guiñapo de uno de los ojos, un guiñapo que alguna vez había visto estas cosas que le estaban rodeando; porque era un ojo de fuera, era un ojo de fuera el que traía, y entonces le preguntaron a Adolfina: "que si lo conocés". "Cómo lo voy a conocer si ustedes lo traen bañado en sangre, si yo ni sé quien pueda ser, ni la cara que se le ve, no me explico por qué pien-

197

sa podría conocerlo". Así les dijo Adolfina, les gritó más bien dicho, dirigiéndose siempre al que ella llamaba cabo Martínez. Y ahí se me viene a la mente que a lo mejor yo te conozco, pero estoy con la duda. Yo no te conozco ni quiero conocerte. Cuando te veo el pantalón se me llena la cabeza de pesadillas, no te conozco, no te conozco. ¿De dónde me sale que no te conozco? ¿Quién me dictó que debería negarte o era la esperanza de que verdaderamente no eras vos? ¿Qué otro pantalón igual, otra camisa parecida, aunque por la sangre casi ni se distinguía, alguna vez habías tenido una camisa color de sangre? ¿Y por qué buscaban a Adolfina y no a mí que sí podía conocerlo, cuál era el motivo, por qué esa tortura, esa maldad en los corazones de estos hombres que también tenían una madre, un padre, hijos, hermanas? ¿Quién los había pervertido y les había lavado la sangre pues no era sangre de la raza, ni de cristianos ni de pobres lo que les corría por las venas? ¿Qué chucha rabiosa los había adoptado como hijos y les había hecho horchata en vez de la sangre común y corriente de los seres humanos?

Interrumpe la voz de Adolfina que me dice: "¿Abuela, qué le está pasando?" Y la voz de la autoridad diciéndome: "¿Acaso usted lo conoce?". A punto de fallarme las canillas, a punto de fallarme la sangre, dejándome de circular por las venas, sentía la palidez corriendo por todos mis pellejos. "¿Conocés a este hombre?"

Se me hace hielo el cuerpo el verte transformado en un pedazo de carne mordida por los perros, porque se te asomaban los desgarrones en la ropa como si te hubieran agarrado a mordidas, quitándote los pedazos de carne, chupándote la sangre. Estos vampiros hijos de cien mil putas, asesinos de mierda.

Entonces dije que no. Tenía que ser un no sin temblor

de voz, sin el menor titubeo. Y en ese momento se abrió el o-
jo bueno, el que te habían dejado, que quizás por eso lo mantenías cerrado, para no hablar, para que no te reconociera. Tus
ojos café, los mismo que había visto a la par mía más de
treinta años.

Sos vos José, porque ese ojo no se parece a ningún otro.
Sos vos, de ello estoy segura, aunque te me ocultés. Y dios me
iluminó la mente, quizás, porque te recordé hablándome: "Si
alguna vez mirás algún peligro para vos y nuestra familia, no
vacilés en negarme". Y me hiciste jurar y yo no creía. "Porque nosotros, siempre andamos en peligro, acordate de Justino, de Helio y de todos, no podemos sacrificar sangre inne-
cesariamente", así me dijo. "Dejá que yo me salve solo, si ves
que no hay otra salida", repite siempre.

Yo vi que no había otra salida. Y por eso abriste los o-
jos, cuando yo ya te había negado porque ya había hecho lo
más difícil, sentí como un saludo, como si dijeras "gracias
Lupe", con la mirada café de tu ojo que había permanecido
cerrado, cerrado por la misma sangre que bañaba tu cabeza;
mientras el otro ojo lo tenías apagado para siempre, colgando
sobre tu nariz, que a saber cómo te mantenías consciente. Y
los dos hombres te tenían agarrado por la ropa, de atrás, como
un espantapájaros.

No te he fallado, José. Yo comprendí que estabas despi-
diéndote cuando abriste tu ojo, y además saludándome, que
te sentías orgullosa de mí, al verme de pie, con el brazo echado en los hombros de tu nieta. Y me acordé. Me estoy acordando que me habías dicho: cuando yo me muera, dejame así
con los ojos abiertos, porque quiero verlo todo, por dónde camina uno los primeros pasos de la otra vida, nada más poneme
las manos en el corazón para pensar que así me los estoy lle-

vando a ustedes, agarrados fuertemente a mi pecho. Algo así me has dicho toda la vida.

"Pues yo no pienso que voy a morir tranquilamente a- costado en un tapexco", me ha dicho desde antes.

Yo sé que estás parado nada más porque te sostienen. No hubieras querido venir acá y sin embargo tuviste fuerza para decir adiós. Como quien dice: pórtate bien, no te des- mayés, seguí conmigo porque yo había prometido entregar mi sangre por una causa justa. En estos momentos se están cumpliendo tus palabras y yo estoy cumpliendo las mías. Te lo prometo, que las cumpliré.

"No es nada, hijita", le digo.

"Es que te ví como si te fueras a desmayar", me dice.

"Es la impresión frente a cualquier cristiano hija", le digo.

Cabo Martínez: "Lo conocen o no lo conocen".

Yo: "No, no sé quién pueda ser".

Nada más lo traía para que vieran cómo pueden ter- minar todos los bandidados que se han afiliado a la federación de no se qué putas de campesinos, así van a terminar todos. Así habla una voz cavernosa desde el otro mundo.

Cabo Martínez: "Nosotros sabemos que su nieta anda metida en babosadas, ya vio allí con las malcriadezas que me salió".

Yo: No sé en lo que anda mi nieta, sólo sé que es una ci- pota con otras ambiciones porque nosotros los viejos estamos medio muertos, nos hemos dejado matar por ustedes lentamen- te, y nos hemos dado cuenta cuando no es demasiado tarde, mi nieta está viva y ustedes no la van a matar a muerte lenta. Yo lo sé, y es lo que no les gusta a ustedes, ella vive por to- dos nosotros, ella respira por nosotros, ella nace mientras no- sotros agonizamos, posiblemente ella también nos salvará.

Que no sé cómo se me salieron las palabras. Tenía que cerrar los ojos. Tengo que cerrar los ojos para poder hablar. Para no verte, José, para que me llegue mejor tu inspiración.

Cabo Martínez: "Queremos que se miren en este espejo, así van a terminar todos, todos los que no quieren a los ricos, porque los enemigos de la democracia les han metido un veneno en el corazón, a todos ustedes para que odien a los ricos".

Adolfina: Si ya no tienen qué hacer, si ya se dieron gusto regañando, pueden irse a comer al señor que tienen ahí colgado.

El raso: No permita, mi cabo, que le falten al respeto si quiere me hago cargo de esta cabrona.

Cabo Martínez: Dejate vos de meterte en lo que no te importa, la cipota tiene razón.

Porque vos sabés la verdad, cabo Martínez, vos sabés, nada más lo hacés por torturarnos, por desquitarte con Adolfina lo que no has podido hacer con Helio, pues de otra manera no lo tuvieras desaparecido, porque cuando la gente no habla, ni se aterrorizan ante sus torturas, lo que hacen es desaparecerlos. Yo no te conozco, cabo Martínez, pero José me permitió conocerlos a todos, en conjunto. De donde vienen y para dónde van. No me vas a tirar; si sos valiente deberías decirle al raso que nos mate con ese animalón que carga en la espalda. Decile a ver si tenés valor.

Y te recuerdo José, corriendo detrás de los bueyes por el camino lleno de hoyos, que se te escapaban con la carreta, te recuerdo corriendo con tus botas de hule, apartándote mientras los bueyes se tiraban hacia adelante, puyados por vos mismo para salir rápido del mal camino. La carreta se te iba encima y vos la toreabas y luego seguías en su persecución, con la puya en la mano. Y nosotros gritando dentro de la carreta.

Era cuando tuvimos carreta.

Cuando no estábamos tan pobres.

Teníamos dos bueyes y una vaca, pero en eso vinieron tiempos malos y decidimos venderlos y comprar con el pisto una cuchilla de terreno, pues lo mejor es hacer producir la tierra, aunque sea con las manos, así me decías.

"Los bueyes y la carreta es un lujo", tengo bien claritas sus palabras. Nadie nos compró la carreta y por ahí se está pudriendo; por lo menos sirve de tabanco, pero con la venta de los bueyes pudimos ampliar el terrenito y sembrar guineos enanos, además teníamos más espacio para el maíz.

Está bien, le digo, vos sabés lo que hacés. Porque también nos estábamos deshaciendo de la vaca que nos daba leche para la cuajada y el requesón de los cipotes. Vas a ver que no nos va a ir mal.

Y no nos ha ido mal. Tenemos para comer y petate en qué caer muertos, por lo menos. Unas gallinitas que nos producen huevos y carne para vender. En el fondo del terreno hemos sembrado unas piñas que tienen como cliente a don Sebas. Tenemos buena vecindad. Todos nos quieren porque nunca le hemos hecho daño a nadie. Somos honrados hasta la muerte. Esto lo sabe la vecindad. Personas trabajadoras. Vivimos del sudor de nuestra frente. Todos lo saben. No nos falta nada para mal vivir, pero vivimos. A nadie le deseamos un mal, ni siquiera ahora al cabo Martínez.

Lo único que no tenemos es derechos. Y según fuimos llegando a esta claridad, este lugar se llenó de autoridades deseosas de poner el orden, prepotentes, con sus automáticos que le llaman. De vez en cuando están viniendo a ver cómo nos portamos, a quién hay que llevarse, a quién hay que golpear para que entienda.

Nos quieren meter a punta de machete y balazos la resignación para nuestras miserias. Hay una clase de pobreza que ellos entienden, la pobreza de espíritu que creen poder meterla con sus fusiles. Y como no pueden, inventan sus crueldades.

Por suerte que Adolfina no lo reconoció, a saber que hubiera pasado, quizás ahí mismo terminan con nosotros.

José era bien tosco, se echaba sus tragos y hasta a dar sus chiveadas iba los domingos. Yo le decía, dejá de andar jugando que es peligroso, y en fin, tenía sus costumbres malas, desde cierto punto de vista; pero en cuanto comenzó a decir la palabra y se hizo querido en la federación de campesinos, todo cambió para él.

Muchos años atrás, le decía: Sos gente seria para que andés jugando, de repente llega la guardia y se los lleva a todos. Y él defendiéndose que lo hacía por diversión, que la verdad jugar a los chivos era malo, pero como no había otra divierta por estos lados, no quedaba otro camino.

Despuesito vinieron los curas y los muchachos y formaron la federación cristiana y la unión de trabajadores campesinos por donde se ha canalizado las exigencias para tener buenas prestaciones. Y nos ha dado frutos, se han logrado algunos aumentitos, los hombres se han hecho más serios porque ya tienen una mística. Si hasta los borrachos se terminaron, no digamos las chiveaderas.

Comenzaron con algunas fiestas en la capilla, poníamos una pequeña contribucioncita y comprábamos chocolate y harina para hacer pan dulce, generalmente semitas de piña. Y las grandes alegrías que se armaban. Eso fue al principio.

Después no hay lugar para fiestas, todos quieren dedicarle su tiempo a andar haciendo conciencia a la organización. Sólo de vez en cuando hay una fiesta, pero más que todo para recaudar fondos, o para ayudarle a algún compa necesitado, ya sea porque se ha quedado sin trabajo o porque ha perdido a su sostén. Así, la vamos pasando mejor. ¿Por qué mejor si nos golpean más que nunca? Porque ahora sabemos hacia dónde vamos. Y ellos saben que sabemos hacia donde vamos. Esto explica la conducta de las autoridades.

Nosotros no nos ufanamos. Pero ahí vamos caminando.

José Guardado nos acompaña.

2.30 p.m.

No sé cómo logré mirar que me mirabas, apenas fue un abrir del ojo, tu único ojo café que no habían tocado. Quizás era una señal porque apenas duró un segundo. A saber que esfuerzo habías hecho. O una despedida. O como quien dice: "cuidado me descubrís, cuidado te descubrís o me la pagás cuando me suelten estos hombres". Ni siquiera titubeo. Una vez que me decidí, no me tembló siquiera la voz. Adolfina no lo iba a reconocer, no lo reconoció, la pobre, mucho mejor para todos: para Chepe, los cipotes, Adolfina y yo.

— Bueno, si están seguros de que no lo conocen, lo vamos a llevar por el cantón, estamos seguros de que alguien va a identificarlo, pues nos huele que es de esta zona.

— Estamos seguros, como que dos y dos suman cuatro.

Un pajuil ha llegado a pararse en la rama del tamarindo. Lindo pajuil de copete colocho y cola grande. Se pone a saltar buscando los tamarindos secos para picotearlos.

Me encantan los pájaros, pero nunca quiso José cazarme uno: "pobrecitos, para qué los vamos a tener encerrados, se mueren de tristeza". Los pájaros no soportan el encierro. El mismo zensontle que es quizás el pájaro más cariñoso y domesticable es necesario tenerlo fuera, nada más se le cortan las alas y se queda dentro del rancho, por ahí anda saltando entre los tabancos y los tapescos. Si se le encierra se niega a cantar. A quién le va a gustar permanecer encerrado, por más comodidades que se tengan. Menos uno acostumbrado al aire, al río y los árboles.

— Vamos a continuar buscando, quizás en la tortillería.

— De casa en casa lo vamos a llevar.

— Por andar de redentores se tienen que hacer estas cosas. Nos caen mal los redentores.

— Los inconformes de como dios los tiene.

— Después de esto quizás escarmienten.

- Encendé el yip.

Y se van, como los gavilanes se llevan entre las patas a los hijitos de las gallinas. Entre las patas nos arrastran, seguros de sí mismos. ¡Vida eterna cómoda para que fuera eterna! Por segunda vez abre el ojo. No es necesario que hagás fuerzas, no es necesario que te despidás, dentro de pronto nos estaremos viendo. Cualquier día de estos.

Queda un olor a Chepe, el mismo olor que trae todos los días del trabajo, olor limpio y agradable a sudor, a hombre de verdad. Es como el perfume de nuestra vida. Uno se acostumbra a ellos y la gracia está en conservar la humedad del cuerpo. El mismo cuerpo la absorbe. Quizás en el fondo nos alimentamos con el mismo sudor. Por lo menos los hombres que sudan de sol a sol. De año a año.

Y veo como un rastro en el cielo, como el que dejan los aviones que pasan por arriba, una especie de humo que echan por detrás y queda una palma de virgen que tarda mediodía en deshacerse. En el cielo limpio, como acabadito de bañar.

Y adivino lo peor.

Ahora me va a tocar a mí. Ver por los tres hijos pequeños. No sé si alcanzará. Esta duda es lo peor, pues con José trabajando apenas alcanza para los frijoles. El frijol que siembra es para el consumo de la casa pero no da para todo el año, hay que estar comprando más tarde o más temprano. ¿Alcanzará para los frijoles a base de mi trabajo? ¡Eso es lo que me pregunto!

¿Por qué será que uno sólo piensa en comer?

En la comida de los hijos. Si pudiéramos acaso alimentarnos de aire. O será que es una tristeza de fondo.

Adivino lo peor. Pues cuando llega la muerte avisa desde antes, no llega tan de repente. Siempre hace un gran ruido como si viniera a caballo sobre un camino de piedras, sonando sus cascos de hueso, la muerte desgraciada. Se burla de nosotros porque sabe que no podemos detener sus caballos desbocados. Nos busca y nos encuentra siempre pobres, quejándonos de alguna cosa. Hay problemas en la vida. Que un cipote se enfermó, que se quemaron los frijoles. Que un hijo herido o muerto. Siempre estamos perdiendo en este partido de pelota.

Y ahora nos toca venir de atrás. Llevamos una gran desventaja, difícil de irla descontando. Siempre estamos como los jugadores que pierden. Y pensar que no nos cansamos. ¿Cuánta sangre más perderemos?

No debemos cansarnos. Por nuestros hijos y por los hijos de nuestros hijos. Algún día la tierra será de nosotros y entonces vamos a comenzar a ganar. Desde atrás. Va a ser difícil, Chepe, no vayas a creer que sólo será de soplar y hacer botellas. Por eso es que no debemos esperar perdón. Una vez que comencemos a ganar no nos darán agua. No nos van a perdonar, serán implacables. Le estamos tocando los huevos al tigre, y los tigres no perdonan. Ahora nada más tenemos tiempo para pensar en las privaciones, no damos para más. Nuestra mente llega hasta allí, hasta donde no nos perdonan. Ya veremos después. Por el momento sólo nos interesa pensar en que no nos importa que no nos perdonen, al fin y al cabo estamos metidos con el agua al cuello pero no nos vamos ahogar.

No nos ahogamos ni aun con tu ausencia, José. No nos ahogamos.

Hasta que aparecen las chachalacas en el cielo no he dejado de pensar. El pajuil se fue pero vinieron las chachalacas.

Recuerdo cuando estaba chiquita la Adolfina, no quería hablar, llegó a los dos años y apenas decía papá y mamá, chucho, tilla por tortilla, tal por sal. Y nada más. Nos preocupábamos mucho. María Pía me contó que sin duda era porque como tenían un periquito, que quizás la Adolfina se comía las migajas del periquito. Entonces el curandero nos recomendó que le diéramos sopa de chachalaca. Yo misma fui donde el doctor y me prometió que las chachalacas la iban a hacer hablar. Y de verdad que resultó. Saricolchón le decimos también a las chachalacas, porque allí se está toda la mañana entre los piñales haciendo las grandes bullas. Quién los para: saricolchón-saricolchón-saricolchón. Y quién los calla. Desde buena mañanita ya están haciendo el escándalo. Se van a meter al zacate del techo del rancho: "Niña, vaya a tirarle piedras a las chachalacas, no vaya a ser que despierten al cipote y ya no me va a dejar hacer nada. Y por más piedras que se les tire, siguen con su chachalaquería". Los cipotes se durmieron después de comer, pobrecitos, viven cansados y con la caminada que dieron fue mucho peor.

A las cinco sopitas de chachalaca, tomadas un día sí y un día no. A los días ya estaba hablando la Adolfina. Por eso no hay que creer ni dejar de creer. Esa es la clave. Ahí está el milagro.

Interminablemente siguen con su bulla, allá en el piñal. Pero ¡cómo es uno de contradictorio! si no vinieran a chachalaquear me sentiría muy triste. Sola. Los cipotes son compañía pero como están chiquitos ellos se conforman en jugar solos, calladitos. Nada más cuando están enfermos que se ponen llorones. Buenos hijos me ha dado dios, no puedo quejarme. Enfermos, eso sí. Los parásitos se los comen por dentro y los cipotes se defienden durmiendo. Suerte que no han despertado. Dios es grande.

Por el cielo limpio camina sudando la tarde.

Adiós, José.

3 p.m.

José es muy cariñoso con los niños, amoroso con todos. Cuando llega de la finca lo primero que hace es preguntar por los cipotes, que si no han estado llorones, que si les he dado de comer bien. Hasta me da lástima que llega todo cansado y sudoroso y así saca tiempo para jugar un rato con ellos, o para ir a dar una vuelta por ahí cerca. En este aspecto, yo no podría quejarme, como buen padre, pues como los hombres por tanto trabajo que tienen no le dan tiempo a los hijos, por más que quisieran. Vaya, y él con tantas cosas por atender, especialmente en la cooperativa, a saber de dónde saca el tiempo, la resistencia que tiene. A mí me admira, porque otros hombres no son así de cariñosos, no es porque no lo deseen sino porque ellos viven pensando en como ganar para el conqué. Y sólo a las mujeres les toca ver lo de los hijos. No se les puede exigir más. Desde ese punto de vista, las mujeres del campo somos esclavas pero no es por culpa de ellos. En el fondo nosotros le ayudamos a ganar la riqueza a los patronos pues cuando cuidamos los hijos, también le estamos dando el tiempo a los hombres para que trabajen tranquilos, de sol a sol. Es decir, le estamos dando el tiempo a los patronos para que nuestros maridos produzcan más, sean explotados mejor.

Desde ese punto de vista, también tenemos esclavitud, la esclavitud de nosotros para que la finca esté chapodada, para que el café se corte a tiempo y el algodón no lo joda la lluvia ni los picudos.

Esa es la conciencia, decía José. También existe el alma, me decía. Poco importa saber para dónde se va. Es el alma del pueblo que vive aquí en la tierra.

— Yo veo que sólo vos te matás trabajando.

— Tu trabajo es peor, fijate estar con los cipotes todo el santo día, de esclava.

— Quizás cuando trabajemos el achiote, me va tocar hacerlo a mí.

Como tampoco nos daba la milpita, me dediqué a hacer achiote, por lo menos en la época que produce, para irlo a vender donde don Sebas pues la gente que va por la pavimentada le pasa comprando. El achiote de por aquí tiene fama porque es bien coloradito y dura bastante, no se anda arruinando, pues.

Y en fin. Tantas cosas que se le vienen a uno que con sólo pensar da miedo. ¿Qué será de José con sólo un ojo? Porque ese ojo ya lo perdió. Bueno, nosotros cuando nacemos ya somos medio muertos, pero lo que importa es la otra mitad, esto no lo pueden detener, todo depende la aplicación que le demos a esa mitad de la vida. Por mí no tengás cuidado, José. No se me olvidan tus palabras.

Y me dice:

—Estos tienen que ir a la escuela.

— Sí porque el jornal es tan duro.

— Por lo menos que aprendan a leer y escribir para que no puedan ser engañados tan fácilmente.

— Pues eso es lo que yo te digo y por eso he pensado comprar unos abonitos para el achiote, para que den buena cosecha y no tener que depender de lo poquito que te pagan en la finca.

— Y así no mandamos a trabajar a los cipotes desde los siete años, mejor que vayan a la escuela aunque tenga que encaminarlos yo, porque como queda tan lejos.

— Es lo que yo te diga y esués, cuando haga temporal no los mandamos por el peligro de las correntadas.

— Yo te voy a apoyar en lo del achiote.

Y estuvimos poquiteando con lo del achiote, por muchos años. Cuando vino lo de la cooperativa cambió un poco la cosa, pero lo que es el tuerce, la gente ya no quiere usar achiote en la comida. Así es que ni me mato ni dejo de producir aunque sea un poquito, el que me pide don Sebas.

Lo vamos a sentir mucho si algo le pasa. Los vamos a llorar y vamos a tratar de ser dignos de él, que no vaya a pensar que somos cobardes y que nos hemos olvidado de todo lo que platicamos.

— Si algo me pasa, ya sabés.

— Huy, mejor toco madera, ni deberías pensar en desgracias, lo que vos hacés es bueno...

— No se sabe, Lupe...

— Bueno, tan muela no soy, si vos faltaras yo sabría cómo defenderme...

— Así es, nada que te vayas a poner tirisienta. A la muerte no se le debe tener miedo, especialmente nosotros, para nosotros que se nos ha hecho tan conocida en estos últimos tiempos con tanta desgracia en la familia, que a saber cómo aguantamos tanto, por más fuerte que sea siempre cansa, duele, el padecimiento de los otros.

Me vas a hacer falta. De todas maneras, si yo falto, me dice, no se aflijan, si me comen los animales del monte no me sientan porque de todas maneras, uno ya muerto ya ni siente nada y no importa cómo vaya uno a acabar. Fíjense, siempre dándome valor. José no es un inocente, él sabe lo que está haciendo. Entre más pobres vivamos, más tenemos que luchar. Todas esas cosas que le permiten a uno irse creando la conciencia que él dice.

— Vieras Chepe que ya me estás convenciendo vos de que cuando uno está muerto no se siente nada...

— Claro que no se siente nada, es como estar dormido y si antes de morir te toca padecer una agonía cruel, es igual, porque vos tenés que hacerte de que ese dolor no te lo vas a llevar a la tumba. Los asesinos que torturan se quedan con ese dolor.

— Huy, cómo hablás, y con todo y eso que me decís, a mí me gustaría morir tranquila, quedarme como dormida, como se moría la gente de antes.

— Vos sabés cómo han andado molestando las autoridades, cómo han sido con gente que nosotros conocemos, entonces es bueno pensar que a uno le puede pasar igual.

— Si yo no te digo nada...

— Pues sí, a uno le gustaría vivir mejor, estar mejor y no tener problemas pero eso no es justo, si nosotros no ponemos un granito de sal en la comida, todo nos parecería insípido. Entonces es mejor no malmatarse para vivir...

— Yo eso mismo digo, aunque me dé mucho miedo; y la verdad que cuando a uno le toca le toca; lo que no sabemos es cómo vamos a terminar...

— Pues sí, sabemos cómo nacemos pero no cómo morimos.

Pero no vayan a creer que sólo hablamos de cosas tristes y de pesimismo. También nos cuenta cuentos.

Y tiene una gracia para contar. Igualitito a mi mamá, que le ponen colochos a lo que cuentan y dan ganas de reir; es decir que le dan vuelta a los cuentos y lo dicen inventando cosas.

Por ejemplo, con el que más gozo es con el de la siguanaba. Y vieran en la noche, ahí está uno todo tembeleque pensando que la mano peluda le va a agarrar a uno las pezuñas. Dicen que la mano peluda tiene el pellejo congelado. Bueno, dice José, la mano peluda sólo es una mano con pelos. Y yo me la imagino como una araña pica-caballo grandota que va caminando en el aire. Y hay que embozarse bien con la chiva porque si no, mamita, cualquier movimiento es de imaginarse que es la mano peluda.

Se sienta en la carreta fumando su puro chirilagua y comienza, más que todo le agarró por contar cuando viene visita, en las noches de luna que pueden venir algunos amigos. Y yo con mi tabaco en la boca, masticando, porque yo mastico magaya, oyéndolo nada más por estar ahí a la par de los cipotes para que no se vayan a hacer malientos de los sustos. Cerca de ellos, abrazándolos. "No tenga miedo, hijito que eso no existe, son puros cuentos". Y con lo feliz que se pone José de tener la rueda de gente, oyéndolo. A mí me gusta más que todo cuando le pone sal a las historias, como en el caso de la siguanaba, pues si bien es cierto que por aquí son muchos los que cuentan haber visto la siguanaba, ya sea porque les salió o porque la vieron de lejos, nada más Chepe sabe hacerlo con gracia; ni siquiera da miedo. Todo el mundo jura y perjura haber visto a la siguanaba. Yo creo que son puras imaginaciones.

Pero mejor ni seguir pensando porque más es lo que uno se amarga la vida.

Toco madera, eso sí.

"Tocá vos también", le digo a Adolfina. Y ella toca, aunque no sepa por qué.

4 p.m.

Unos días antes llegó la autoridad, pero no le dí mucha importancia. Que si allí vivía José Guardado. Yo le conté a Chepe, pero no le dije todo lo que habían dicho, para no preocuparlo. Yo les dije que sí, aquí vive, que desean. A usted que le importa, es con él la cosa, ¿qué está sorda? Bueno, adiós pues, ya no puede uno inquirir por la gente de su sangre; por eso pregunto, claro que sí me importa. Ellos nada mas responden vieja más necia que no están contentas cómo dios las tiene. "El no va a venir ahora ni en estas dos semanas porque anda por la costa. De eso hace mucho tiempo y se nos ha ido olvidando entre pena y pena", así les dije.

— Bien, avísele que lo andamos buscando y que se cuide porque hemos sabido algunas cosas de él.

Y allí terminó; pues cuando vino le conté y me respondió que él había estado trabajando y que podía responder como dios manda. Yo no he delinquido, si quieren que vengan, no tenemos arte ni parte en sus averiguaciones. Y yo afligida, me parecía verlos aparecer en la puerta de golpe, haciendo preguntas tontas. Era que nos estaban atemorizando. Chepe, sin embargo, quizás para darme confianza tomó una actitud de indiferencia.

Y recuerdo que les dije que tenía mucho trabajo, me disculpan, pues quería bañarme y no lo podía hacer con ellos. No puedo atenderlos. Y me dicen que van a esperar. Les repito, no pueden esperar pues así no puedo ir a bañarme porque no tenemos baño. Y ellos: ve que vieja más maliciosa y quién va a querer verla, quién se va a fijar en una vetarra. Hasta que se aburrieron y se retiraron. Más de una hora larga, de las hondureñas; estuvieron allí mismo donde han estado este día. De que vamos a regresar, regresamos. Al fin se fueron.

Tienen valor de joder a la gente honrada.

Qué estarán haciendo con vos.

En qué lugar.

Quiénes te irán a reconocer, cuando pregunten que si te conocen.

Quién irá a decir: "Chepe". "Es Chepe Guardado". Y vendrá aquí otra vez, derrotado y nos van a enfrentar. Y qué va suceder con Adolfina y qué va a suceder con mis cipotes. Y qué va a suceder con Chepe cuando se den cuenta que les ha mentido.

No va suceder nada. Porque lo dice mi corazón, nadie de aquí les va a decir: es Chepe Guardado, nadie. Y sucederá lo más horrible, lo vamos ir a encontrar dormido en alguna parte, dormido de tal manera que no va a sentir los animales que lo picotean, ni los animales que lo muerdan: "Porque uno cuando está muerto ya ni siente".

Para siempre dormido en un tronco de pino, recostado. Como si estuviera descansando. Y ni siquiera las hormigas lo habrán tocado. Y lo veré sin perturbarme porque voy a estar lista para recibir su sueño.

El sueño de él y mi pesadilla. Y no voy a llorar porque él será mi esperanza. Sus palabras me están llegando ya. Dios es la conciencia. Y la conciencia somos nosotros, los olvidados ahora, los pobres.

Y lo irán a traer a la montaña.

Los compañeros irán buscando, dirigiéndose por los animales en el aire, por los zopilotes que vuelan en círculos, planeando lentamente, mirando con sus ojos de largavista. Hacia allá, donde se hacen los círculos de los pájaros negros queriéndoselo llevar en el pico.

Y no lo encontrarán.

Arrecostado en un pino. Soplando el frío de la montaña que baja como manada de cabros desde los pinares de Honduras. Y todos dirán aquí está Chepe y yo llegaré después porque me he ido quedando atrás, cubriéndome con mi tapado, porque dios santo qué frío hace por acá, rechinando los dientes, temblándome las quijadas. Un escalofrío que me brota por todo el cuerpo. En estas zonas es cuando la carne tiembla. Pues lo han venido a tirar tan lejos, adentrándose en las montañas de viento frío. Los pinares hondureños.

Y lo encontrarán con gusanos. Algunos gusanos comiéndose a Chepe. El cuerpo de Chepe. Lo limpiarán entonces con un pedazo de camisa. Lo bañarán con agua de arroyo que baja de la montaña. Lo envolverán con esencia de hierbabuena. Porque vamos preparados para lo peor. Le pondrán mudada limpia: su camisita blanca que tenía por ahí para dominguear. Su pantalón rayado de dril, el que usa para ir a la capilla para decir la palabra a los compañeros. Y dirán cómo ha enflaquecido el pobre en estos tres días. Sin comer, el pobre. Y el sereno que ha aguantado. Y el frío. Sin su cobija. Como descansando en el palo de pino.

Y lo traeremos en andas. Yo detrás siempre porque no tengo tanta resistencia para caminar, cuidándome de los chiribiscos para que no rompan mi vestido. Ladrándonos los perros del camino. Y pasaremos por el pueblo y le vamos a comprar su caja, su caja sin pintar. Y pasaremos por el pueblo. La gente dirá: "Ahí llevan a Chepe". Y seguiré temblando de frío. El cuerpo nada más pero la conciencia no.

Todo esto me lo dijo el corazón. No sé si hablando conmigo misma o con Adolfina. Platicando quizás con las sombras.

Y mi corazón hasta ahora, nunca me ha mentido.

5 p.m.

Adolfina me dice que ha sido un día duro; pero que al fin y al cabo está por terminar.

Y me pongo a mirar el sol hundido ya en los guarumos. Que habrá sido del señor, le digo. Me dice: ¿Cuál señor? El que se llevaron, el del ojo sacado, me preocupa lo que le pueda pasar. Me dice: No tenga cuidado abuela, él sabrá cómo reaccionar. Veo que se llenan los ojos de lágrimas. Los ojos de Adolfina se llenan de lágrimas. Deje ya, le digo, olvídese. Vamos a tomar un cafecito, los cipotes están jugando en la troja, han de tener hambre. Yo ya tomé, abuela, ahí le dejé una guacalada, los cipotes comieron también, despuesito que se fueron las autoridades les serví su comida. Y le digo: No llore niña, qué le pasa. Nada, estoy recordándome de María Romelia, de cuando veníamos en el bus de Chalate, qué sería de mí si la hubieran matado; fíjate, abuela, donde la fui a encontrar y yo que ni caso le hacía cuando medio la avistaba en mis visitas

221

para acá; la manera decidida como se comportó ¡y pensar que es una cipota! ¡lo que tendremos en ella de aquí a unos pocos años! Y le digo: Pero muchacha, yo no veo el motivo para llorar, lo pasado, pasado; y vos, no te olvidés que apenas comenzás a desarrollar, María Romelia no le llevarás ni dos años; ¡qué estará ocurriendo en el mundo para que vos hablés así, como si fueras una vieja! Me responde: A mí me ayudó mucho mi papá, abuela, desde chiquita comenzó a decirme el origen de nuestras injusticias, la conciencia que dice abuelo Chepe; lo que le está pasando al mundo, abuela, es que hay más de una María Romelia y no nos damos cuenta. Le digo: bueno mi amor deje las cosas como están, vamos para adentro que ya comenzó a caer sereno y le puede caer mal; vamos a ver los cipotes que están muy quietecitos, si se han salido al traspatio, éntremelos por favor, que no les vayan a picar los jejenes. Se limpia la cara con el delantalcito. Y nos vamos para adentro.

Y me dice: Abuela, estoy pensando en qué será de mi papá, si nos lo van a entregar o si debemos irnos olvidando de él; eso estoy pensando también; él que tanto me ha ayudado para comprender las cosas de la vida, me da miedo tener que vérmelas a solas, porque usted sabe que mi mamá es otra cosa, mis hermanos menores la absorben, se mata duro planchando ajeno, su vida es demasiado doméstica.

Y le digo: Me tiene a mí y a su abuelo Chepe, usted sabe que él también tiene su teorías y además se ha ganado el liderazgo en la comunidad, no te imaginás cómo lo respetan.

Sabe una cosa, me dice, sabe una cosa abuela: así de repente he visto el cuerpo del cabo Martínez. Le digo: ¿A dónde hija?

Me dice: en la imaginación, se me vino como un luzazo, tenía los ojos y la boca abierta y por más que le cerraban los párpados, se volvían a abrir y por más que le jalaban los dedos

222

gordos del pie, no se le cerraba la boca; alrededor de su cuerpo las hermanas y la mamá llorando. Y como no le podían cerrar la boca, le pusieron un limón, para que no se le metieran las moscas, para que no se engusanara por dentro.

Y le digo: Huy hija, esa es una pesadilla. Me dice: Más bien pienso que es una verdad, tiene que ser una verdad.

Le digo: pero eso no es posible, cómo puede ser.

Me dice: Me lo dijo el corazón, y mi corazón hasta ahora nunca me ha mentido.

Un estremecimiento en mi cuerpo mientras enciendo la luz de los candiles.

INDICE

Impreso en los talleres de
Imprenta y Litografía VARITEC S.A.
San José, Costa Rica
en el mes de junio de 1991
su edición consta de 3000 ejemplares.